Franziska Boesch

Yes! We have no bananas

Alltägliches und Absurdes aus dem Supermarkt

Für Bursine

Bibliographische Information der Deutschen Nationalbibliothek: Die Deutsche Nationalbibliothek verzeichnet diese Publikation in der Deutschen Nationalbibliografie; detaillierte bibliografische Daten sind im Internet über http://dnb.dnb.de abrufbar.

© 2016 Franziska Boesch
Herstellung und Verlag:
BoD – Books on Demand, Norderstedt

ISBN: 9783741256189

Inhalt

Vorwort 7
Guten Tag! 9
Unter Kollegen 20
   Die Frühschicht 20
   Come, Mister Tally Man 24
   Die Phrasendrescherin 31
   Die Zeitschriften 42
   Unterschiedliche Welten 47
   Sechsundfünfzig Energydrinks 53
   Masken 57
   Die Palme 61
   Praktikanten 68
Filmreif 73
Plaudertaschen 83
Anspruchsdenken 88
Curiouser and curiouser 90
Gravitation 93
Der Aufzug 98
Protokoll einer (nicht ganz) alltäglichen Schicht ... 102
Yes! We Have No Bananas … 111
An der Kasse 123
Fan Fiction im Real Life 137
Disposition 144
Security 154
Naschen, Backen, Überziehen 159

Vorwort

Das Einkaufen im Supermarkt gehört für viele zum Alltag und stellt meist nicht gerade das Highlight des Tages dar. Und doch kommt es gerade dort oft zu filmreifen Situationen.

In diesem Band habe ich unglaubliche und unvergessliche Erlebnisse aus meinem Alltag als Verkäuferin und Kassiererin in einem kleinen Supermarkt beschrieben. Ich selbst bin an diesem Ort eher gestrandet als freiwillig gelandet. Aber wie man so sagt: Wenn einem das Leben Limonade schenkt, soll man Zitronen daraus machen.

Willkommen in der absurden Welt des Alltäglichen.

Kramen Sie schon mal das Kleingeld aus den Hosentaschen, und stellen Sie sich auch an der zweiten Kasse an, die Kollegin kommt gleich!

Guten Tag!

Wenn die Supermarktkette King Kullen mit dem Slogan „America's first supermarket" wirbt, ist das keine Hochstapelei. Michael J. Cullen, der als Kind irischer Immigranten im späten neunzehnten und frühen zwanzigsten Jahrhundert in den Vereinigten Staaten lebte, gründete 1930 mit King Kullen die erste große Supermarktkette. Eine Garage in einem New Yorker Vorort, die er anmietete, um dort einen Selbstbedienungsshop zu eröffnen, war der erste Laden dieser Art. Das Konzept hatte in Zeiten der Wirtschaftskrise Erfolg, und es dauerte nicht lange, bis weitere Filialen hinzukamen.[1]

Die Selbstverständlichkeit, mit der man heute an jeder zweiten Ecke Konserven und verpackte Lebensmittel kaufen kann, hat sich in nicht einmal hundert Jahren herausgebildet. Noch in den siebziger Jahren des letzten Jahrhunderts waren Tante-Emma-Läden verbreitet, die man heute, zumindest in großen Städten, eher vergeblich sucht. Die Journalistin, Politikwissenschaftlerin und Wirtschaftsexpertin Annette Jensen beschreibt in ihrem 2011 erschienenen Band *Wir steigern das Bruttosozialglück* mit dem Untertitel: *Von Menschen, die anders wirtschaften und besser leben* unter anderem

---

[1] Vgl. Georg Schwedt: Vom Tante-Emma-Laden zum Supermarkt. Weinheim 2006, S. 40–41.

das Projekt eines Siebenhundert-Einwohner-Dorfes auf der Bodensee-Halbinsel Höri. 2006 wurde dort ein solcher Tante-Emma-Laden neu ins Leben gerufen, um die Nutzung regionaler Produkte zu verbessern.[2] Ob die großen Ketten die Zukunft bestimmen werden oder sich auch kleinere Läden mit überschaubaren Sortimenten wieder durchsetzen können, steht in den Sternen oder wo auch immer solche Entwicklungen verzeichnet sind. Sicher ist jedenfalls, dass die Spuren der Vergangenheit noch allenthalben sichtbar und spürbar sind, zum Beispiel in einigen Bezeichnungen wie „Kolo" für „Kolonialwaren" – ein Ausdruck, der nicht mehr ausschließlich für Produkte aus ehemaligen Übersee-Kolonien verwendet wird, sondern allgemein für Waren, die mit letzteren zusammen geliefert werden. Dazu zählen Kaffee, Tee, Zucker, Gewürze, aber auch Mehl, Öl, Müsli und Süßigkeiten aller Art. Auch andere Traditionen haben sich gehalten: zum Beispiel, dass die Lieferungen häufig mit Eseln kommen. Manche weigern sich mürrisch, zu sprechen oder die Warenrollis bis in den Markt zu fahren, wo sie vom Personal angenommen und mit dem langsamsten Lastenaufzug aller Zeiten ins Lager hinunterbefördert werden.

---

[2] Vgl. Annette Jensen: Wir steigern das Bruttosozialglück. Von Menschen, die anders wirtschaften und besser leben. Freiburg i. Br. 2011, S. 80–83.

Der Laden ist klein und vom Sortiment her recht überschaubar, allerdings im Aufbau der Gänge und in der Aufteilung der Abteilungen verwinkelt und nicht immer ganz logisch, so dass regelmäßig verwirrte Kunden nach dem Ausgang fragen. Schreckerfüllte Gesichter: „Wo geht es hier wieder nach draußen?" Auch dass der Käse nicht neben der Wurst steht, sorgt des Öfteren für Verwirrung, ebenso die (zugegebenermaßen etwas eigenartige) Lösung, dass vegane und vegetarische Kühlprodukte mitten im Wurstregal untergebracht sind und vegetarische Brotaufstriche neben den Würstchengläsern stehen.

Morgens und vormittags kommen viele Stammkunden in den Laden, die teilweise die Mitarbeiter besser kennen als ihren eigenen Einkaufszettel. Sie halten gerne mal ein Pläuschchen oder einen (wie mir scheint) abgesprochenen Schlagabtausch:

„Na, alles klar?"

„Muss ja, ne?"

„Ja. Und sonst?"

„Sonst auch."

„Na dann."

„Machetjut, ne?"

„Du auch."

Diese Art der Kommunikation, in die man sich über kurz oder lang einfinden muss, wenn man täglich mit Kunden Kontakt hat, fiel mir anfangs äußerst schwer. Sie gut zu beherrschen, ist aber von kaum zu überschätzender Wichtigkeit. Denn gerade vormittags kommen viele Kunden eben nicht nur zum Einkaufen, sondern auch, um einfach mal unter Menschen zu sein. Wir können nun natürlich nicht mit jedem einzelnen ein tiefgreifendes Gespräch anfangen. Darum geht es den meisten ohnehin nicht (und man versucht es besser auch gar nicht). Es ist also essenziell für diesen Job, im Smalltalk ein gewisses Geschick zu entwickeln. Glücklicherweise hielt ich mich das erste halbe Jahr praktisch immer in Gesellschaft meiner Kollegin Jana auf, der ich zunächst mit einigen Stunden als Assistentin für ihre Abteilung, die *Mopro* (Molkereiprodukte, d. h. Kühlwaren), zugeordnet war. So lernte ich also nicht nur, wo welche Sorte Quark hingehört und wie man die Paletten ohne großen Aufwand so austauscht, dass immer die Produkte mit dem aktuellen Mindesthaltbarkeitsdatum griffbereit vorne stehen, sondern ganz nebenbei auch, wie man anständig Smalltalk macht. Wenn man erst einmal ein paar Floskeln dieser Art gespeichert hat, kann man sich ganz gut durchschlagen. Schließlich gewähren einem die neugierigen Stammkunden nicht auf ewig Welpenschutz, und irgendwann muss man selbst ran. Meine ersten Versuche sorgten allerdings gelegentlich für Irritation. Als quasi unbeschriebenes Blatt in Sachen Smalltalk hatte ich angenommen, dass Belanglosigkeiten jeglicher Art für diese Art der Unterhaltung geeignet seien. Das ist nicht der Fall. Nach einer Weile hatte ich aber auf dem Schirm, was man nicht sagen darf, zum Beispiel:

„Ah, heute tragen Sie eine rote Jacke!"

Es schien mir nicht weniger bedeutend als die Tatsache, dass es draußen mal wieder stürmt, zumal wir uns derzeit ja gar nicht draußen aufhielten.

„Wie meinen Sie denn das jetzt? Was haben Sie denn mit meiner Jacke?"

Äh, gar nichts, ich dachte nur – ich wollte ja nur ... Aber so einfach ist es eben nicht. Es ist besser, wenn man sich zunächst vorgefertigter Floskeln oder allgemein bekannter Sprichworte bedient. Irgendetwas, das man schon hundert Mal gehört hat, auf keinen Fall etwas, das einem spontan in den Sinn kommt.

„Ja, wieder viel zu tun heute."

„Ja."

Nicht nur an die Gepflogenheiten eines angemessenen Supermarktgesprächs musste ich mich gewöhnen. Auch die Tatsache, dass der Markt von morgens sechs bis abends zehn Uhr mit Musik beschallt wird, fand ich anfangs gewöhnungsbedürftig. Ich weiß, dass manche Kunden Schlager ganz gerne hören und sie sich vielleicht überhaupt nur deswegen bei uns aufhalten, weil es schön warm ist, die Mitarbeiter so vorbildlich freundlich sind und den ganzen Tag Musik läuft. Ich bin zwar kein radikaler Gegner von Schlagermusik, aber es gibt eindeutig eine Schmerzgrenze. Besonders, wenn man von Lebenseinsichten und Weisheiten dieser Art erschüttert wird:

Du bist mein Licht in der Du-hu-hunkelheit ... Ohne dich kann ich nicht sein ... Für dich trag' ich heute mein schö-hö-hönstes Kleid ...

Dagegen sind die Gespräche mit den Kunden über das Wetter reinste Poesie.

Ich hab' dich gefunden uhu-huhuuuu ...

Ich versuche gerade, einige Paletten Joghurt zu sortieren, die dem Anschein nach durch eine Horde Wildschweine durcheinandergewirbelt worden sind, rupfe Kartons aus dem Regal, sammele zerquetschte Becher heraus.

Zä-härtliche Stunden uhu-huhuuu ...

Nein, das ist eindeutig zu viel! Der Karton ist natürlich aufgeweicht, und drei Becher fallen herunter.

Ohne dich bin ich nichts ... Es ist so schwer, zu leben ohne dich ...

Es ist vor allem ein furchtbares Schlamassel mit diesen Joghurts, bei denen immer irgendjemand zwei Paletten übereinander stapelt, so dass sich die beiden Kartons totsicher ineinander verkeilen und man geradezu gezwungen ist, ein zusätzliches Chaos anzurichten, wenn man versucht, sie wieder auseinander zu basteln.

Ich will dich heut, ich will dich hier …

Die Leute nehmen ja nicht die Becher von vorn und oben, sondern bevorzugt die von hinten und unten.

Ich habe dich so gern … Du bist mein Augenstern …

„Diese beschissene Scheißmusik", flucht mein Kollege Mark im Vorbeigehen.

Ich hole besser mal das Wischzeug.

Es fällt übrigens wohl in die Kategorie Murphy's Law, dass man, wenn einmal ein Lied läuft, das einem gefällt, gerade dann in den Keller geschickt wird, um nachzusehen, ob da noch Zwanzig-Liter-Beutel Katzenstreu auf Lager sind. Hat man davon dann einen angeschleppt und auch noch einen zweiten heraufgeholt, weil der Kundin in der Zwischenzeit der Gedanke gekommen ist, dass man diese schweren Teile doch besser gleich auf Vorrat kauft, wenn man schon einmal mit dem Auto da ist, schallt natürlich wieder eins dieser bizarren Liebesbekenntnisse aus den Lautsprechern:

Ich würde alles für dich tun, sogar sterben, aber es muss ja nicht sein, wir können doch gehen bis ans E-he-hende der Welt …

Ich vermute, dass die Musik nach neuesten marketingtechnischen Kriterien ausgewählt wird von Forschern, die die Psyche des Durchschnittskunden bis auf den Grund ausgelotet haben. Ob so etwas wirklich jemanden dazu verleitet, eine weitere Flasche Jack Daniel's zu kaufen? Doch wohl höchstens die Mitarbeiter, in der Hoffnung, die akustische Tortur des Tages am Abend wenigstens für ein paar Stunden vergessen zu können, während die Kunden, die sich in der Regel einige Minuten im Supermarkt aufhalten, längst wieder vergessen haben, womit sie in dieser Zeit beschallt wurden, abgesehen natürlich von den oben bereits erwähnten Besuchern, die überhaupt nur der Wärme und der guten Musik wegen zu uns kommen.

Mein Fahrlehrer hat immer gesagt, dass es eigentlich ein Wunder sei, dass der Straßenverkehr so verhältnismäßig gut funktioniert, da dort so viele verschiedene Charaktere und Fahrstile aufeinandertreffen und jeder ein anderes Ziel hat. Diese Einschätzung trifft wohl auch auf den Supermarkt zu: ein Ort, an dem sogar noch mehr unterschiedliche Charaktere auf noch engerem Raum zusammenkommen. Vermutlich grenzt es auch an ein Wunder, dass dort so verhältnismäßig wenige Schwerverletzte und Tote herausgetragen werden, wenn man sich das Treiben einmal genauer anschaut. Vor allem an der Kasse kommt es immer wieder zu Aggressionen. Wer kam zuerst? Wo teilt sich die Schlange, wenn eine zweite Kasse geöffnet wird? Wer rammt wem den Einkaufswagen in die Fersen? Wer hat das Trennstäbchen nicht zwischen die

Waren gelegt? Wessen Zigaretten sind das, die auf meinem Gemüse liegen?

Ist es nicht selbstverständlich, dass diejenigen, die sich in der Schlange vor einem angestellt haben, auch vor einem an die andere Kasse wechseln, wenn diese öffnet? Keineswegs! Die Rücksichtslosigkeit, mit der manche Menschen schnell noch überholen und einer langsameren Person den Weg abschneiden oder sich einfach vordrängeln und so tun, als gebühre ihnen dieser Platz aufgrund eines Geburtsrechts, lässt tatsächlich manchmal an den Straßenverkehr denken: Zögere eine halbe Sekunde zu lange, und deine Vorfahrt ist Diebesgut. An den Kassen geht es ähnlich zu. Nur bei Rollstuhlfahrern drängelt sich niemand vor. Das gehört sich schließlich nicht.

Es scheint einfach Orte zu geben, an denen die ansonsten korrekt gepflegte Höflichkeit außer Kraft tritt. Obwohl ich auch den Eindruck habe, dass dieses Phänomen in den letzten Jahren etwas abgeschwächt ist, seit man sich die unerträgliche Wartezeit an der Kasse durch die Versenkung in das mitgeführte Smartphone vertreiben kann.

„Oh, ich bin schon dran, war grad' abwesend."

Ja, das habe ich an deinem entrückten Lächeln gesehen. Immerhin hast du dich nicht an der Schlägerei beteiligt, die derweil hinter dir getobt hat.

„Oh, warten Sie kurz, Schatzi schreibt, ich soll noch Zitronen mitbringen."

In solchen Fällen findet sich immer sofort jemand, der empört ausruft:

„Jetzt halten Sie hier doch nicht alle auf, nur weil Sie nicht richtig nachgedacht haben!"

„Also wirklich. Diese Leute immer, die die Augen gar nicht mehr von diesen Dingern lösen können. Und dann kriegen sie nichts mehr mit."

„Können Sie jetzt wenigstens mal hier Platz machen? Hier wollen auch noch andere Leute ihre Sachen einpacken. – Na ja, dann wohl nicht. Unverschämt. Wissen Sie was, Sie sind richtig unverschämt."

Das sind die netten Varianten. Das wortlose Drängeln und Schieben, die demonstrative Langsamkeit, mit der dann erst recht die Waren in die Tasche verfrachtet werden, der nach Zustimmung suchende Blick zur Kassiererin, die ein solches Benehmen doch wohl auch unmöglich finden muss, all das wirkt recht skurril, wenn man auf der anderen Seite sitzt.

Ein weiterer Grund für ungezügelte Aggressionen sind leere Regale. Es ist wohl nicht zu leugnen, dass es unglaublich nervt, wenn man nach der Arbeit noch eben einkaufen will und die Hälfte der Dinge, die man braucht, einfach nicht vorhanden ist. Nicht das Mehl für den Kuchen morgen, nicht das Wasser, das man immer trinkt, nicht die günstige Sorte Milchreis, nicht der Edamer und dann wochenlang nicht diese einzigen veganen Kekse, die es hier überhaupt gibt – und frisches Gemüse: immer leergefegt. Sind da keine Mitarbeiter im Laden, die die Regale regelmäßig wieder auffüllen können? Ja und nein. Manchmal sind tatsächlich nicht genügend Mitarbeiter da, um mit dem Auffüllen hinterherzukommen. Ich habe immer wieder erlebt, wie über mehrere Wochen hinweg extreme Engpässe entstanden durch Krankheit, fristlose Kündigungen und allgemein durch Personalmangel in Phasen, in denen die Fluktuation hoch ist. Es ist erschreckend, wie schnell es dann im Lager unübersichtlich werden kann. Die Mitarbeiter, die im Laden herumwuseln und die Regale befüllen, können in der Regel nichts für diese Engpässe und haben auch keine Übersicht über die Liefersituation – die hat oft nicht einmal der Chef –, vor allem aber nicht die geringfügig Beschäftigten, die nur für einige Stunden zum Packen oder Kassieren kommen. Trotzdem sind das natürlich die greifbaren Personen vor Ort, und das ist manchmal fatal.

„Wissen Sie was? Seit zwei Wochen komme ich jetzt jeden Tag hierher, und nie haben Sie Cola Zero Light."

Das kann sein, auch wenn es sicher nicht so vorgesehen ist. Ich weiß allerdings nicht, wann sie wieder geliefert wird und ob überhaupt. Es kommt vor, dass Produkte aus dem Angebot genommen werden. Und von irgendjemandem waren immer genau das die Lieblingsprodukte. Ich habe weder

Einfluss darauf noch kenne ich die Gründe oder weiß, wie lange es dauert, bis die gewünschten Produkte wieder geliefert werden.

„Bitte wenden Sie sich direkt an den Chef" (der natürlich in den seltensten Fällen für solche Anliegen verfügbar ist, und wenn doch, dann gelingt es ihm meist sehr gut, verbindlich-freundlich zu schauen und zu versichern, dass er sich umgehend darum kümmern werde ...).

Unter Kollegen

Die Frühschicht

In kleinen Teams aus fünf oder sechs Mitarbeitern oder in Büros, in denen alle in etwa zu denselben Zeiten arbeiten und den ganzen Tag direkt miteinander zu tun haben, ergibt sich logischerweise ein anderes Verhältnis zu den Kollegen als in einem Team von zwanzig bis dreißig Leuten, von denen in der Regel etwa sechs gleichzeitig im Laden sind, aber eben immer andere. In der Frühschicht ist die personelle Zusammensetzung konstanter als in der Mittel- und Spätschicht, da einige Mitarbeiter in der Frühschicht feste Arbeitszeiten haben. Christine leitet den Backshop und ist jeden Tag ab sechs Uhr im Dienst. Meistens ist sie sogar schon eine halbe Stunde früher da, schließt den Laden auf, kocht Kaffee und begrüßt die Kollegen mit einem freundlichen Lächeln oder mit einem genervten „Wieder die gleiche Scheiße heute. Was willste machen?" – je nachdem.

Auch die Arbeitszeit von Mark, dem verantwortlichen Obst- und Gemüsemann, und von Jana, die die Mopro-Abteilung[3] als Teilzeitkraft leitet, beginnt um sechs Uhr und endet offiziell um elf Uhr. Da die Arbeit in dieser Zeit allerdings allein nicht zu schaffen ist, war es ursprünglich meine Aufgabe als geringfügig Beschäftigte, ihr einige Stunden in der Woche zur Hand zu gehen. Seit meine Stunden aufgestockt wurden, muss ich allerdings auch oft an der Kasse einspringen. Es gibt nie genug Kassenpersonal. Es ist ein Teufelskreis: Dadurch dass ich nun die Lücken an der Kasse (und anderswo) stopfe, fehlen die Stunden wieder bei Jana, und sie muss länger bleiben. Da eine Ausbezahlung dieser Überstunden den Laden vermutlich finanziell in den Ruin stürzen würde, bekommt sie stattdessen freie Tage. An denen werde ich als ihre Vertretung eingeteilt, schiebe meinerseits Überstunden, da ich die Arbeit in der vorgesehenen Zeit natürlich auch nicht allein bewältigen kann, zumal an der Kasse die Engpässe nicht ausbleiben und ich dort dann trotzdem zwischendurch als zweite Kasse oder Pausenablösung einspringen muss. Dadurch habe ich wieder neue Überstunden, die ausgeglichen werden sollen, indem ich eine

---

[3] Mopro = Molkereiprodukte

Weile nicht mehr für die Mopro eingeteilt werde, so dass Jana dort wieder alleine ist ... So schieben wir uns munter gegenseitig die Überstunden zu.

Ich frage mich mitunter, ob es wirklich Sparmaßnahmen sind, die zu einer solchen Planung verleiten, oder ob da grundlegend etwas mit der Vorstellung von Effektivität nicht stimmt. Aber die Dienstpläne und die Organisation der Mitarbeiter sind natürlich Chefsache, und wenn man dezent nachfragt, wie das funktionieren soll, wenn man eine Schicht, in der man sonst zu zweit ist, allein bewältigen, nebenbei noch Zeitschriften packen und die Kassenkraft zur Pause ablösen soll, kriegt man wahlweise zu hören: „Das ist zu schaffen!" oder: „Die Uhrzeit für Ihren Feierabend ist nur ein Richtwert." Letzteres ist verrückt, entspricht aber wenigstens der Realität. Faktisch kann niemand gezwungen werden, Überstunden zu machen, aber es lässt auch niemand die Arbeit einfach stehen, weil es klar ist, dass sie dann an einem anderen Kollegen hängenbleibt. Das Ganze verbessert nicht unbedingt das Arbeitsklima. Und irgendwie ist es auch unbefriedigend, wenn man das Pensum, das doch angeblich zu schaffen war, nicht bewältigen konnte und man quasi immer unvollendeter Dinge den Laden verlässt. Mark zum Beispiel regt sich regelmäßig darüber auf, dass es in der vorgesehen Zeit oft kaum möglich ist, das Gemüse ordentlich auszulegen.

"Wir sind hier doch nicht auf einem Trödelmarkt! Dann kann ich gleich eine Kiste mit Gemüse vorne hinknallen, und jeder sucht sich raus, was er braucht."

Anschließend träumt er noch eine Zigarettenlänge von Pyramiden aus blankpolierten Äpfeln und säuberlich aufgereihten Papayas, bevor er sich wieder daran macht, seine bis zu zehn Obst- und Gemüserollis abzuarbeiten, die in den Morgenstunden nach der Lieferung einen kompletten Gang blockieren.

Die Frühschicht ist also relativ konstant und gut eingespielt. Jeder arbeitet den anderen so gut wie möglich in die Hand. Jeder weiß, wer welche Rollis wo braucht, wer wann an welches Regal muss und packt bei den anderen mit an, wenn er tatsächlich einmal mit allem eher durch ist als vorgesehen. Es gibt allerdings auch Aufgaben, die nur einige Personen immer wie selbstverständlich übernehmen und von denen andere genauso selbstverständlich gerne profitieren. So ist es zum Beispiel keine besonders beliebte Aufgabe, die Papprollis, in denen die Verpackungen gesammelt werden, vorzubereiten, d. h. sie mit Folie zu umwickeln. Es braucht etwas Geschick, und manchmal ist es ein Kampf mit der eigenwilligen Folienrolle. Aber nach einigen Versuchen hat man es drauf. Jana umwickelt routiniert einen Rolli in einigen Sekunden. Einige verlegen sich allerdings darauf, die Rollis von anderen mit zu nutzen. Das hat zwei Vorteile: Erstens muss man sich keinen eigenen Papprolli suchen und umwickeln. Zweitens muss man ihn anschließend nicht in den langsamsten Fahrstuhl aller Zeiten schieben, die Kellertreppe runterlaufen, dort eine halbe Stunde warten, den Rolli aus dem Aufzug holen, ihn im Lager parken und einen neuen suchen, den man umwickeln kann.

Jana und ich könnten eigentlich einen Papprolli-Handel eröffnen. Kaum haben wir uns einen neuen organisiert, kommt zufällig jemand aus einer anderen Abteilung und fragt:

„Darf ich euren Rolli hier mal kurz mit benutzen? *Zwinker-zwinker* Danke, ist auch nicht viel."

Und schon sind dort 20 Kartons geparkt, so dass wir im Grunde schon wieder einen neuen brauchen. Tatsächlich bunkert Jana manchmal zwei oder drei leere Rollis im Kühlhaus, damit wir nicht ständig während der Arbeit neue vorbereiten müssen.

Come, Mister Tally Man

Christine und Susanne, die zusammen im Backshop arbeiten, sind die Kollegen, mit denen Jana und ich in der Frühschicht am häufigsten zusammentreffen, da wir teilweise in denselben Gängen zu tun haben. Wir lassen es uns nicht nehmen, bei der Arbeit gelegentlich ein wenig herumzublödeln. Plaudern und Lachen wird vom Marktleiter allerdings nicht gern gesehen.

„Was soll das Gegacker? Haben Sie nicht genug zu tun?"

Das scheint eine der größten Chef-Sorgen zu sein: Die Mitarbeiter könnten zu viel Spaß bei der Arbeit haben. Ein Skandal! Dann bleibt alles liegen, der Laden geht pleite und die Welt unter! Ich habe nicht die Erfahrung gemacht, dass durch gute Laune und Scherze mehr getrödelt wird. Eher im Gegenteil: Gemeinsam und gut gelaunt geht die Arbeit am besten von der Hand. Abgesehen davon, dass es vielleicht auch auf Kunden einen freundlicheren Eindruck macht, wenn die Mitarbeiter gut aufgelegt sind, als wenn alle finster vor sich hinstarrend durch die Gänge eilen und jede Kundenfrage professionell in drei Sekunden abfertigen wie ein gewisser mürrischer Knecht aus der Unterwelt, von dem noch die Rede sein wird und der jeglichem Gemeinschaftsgefühl den Garaus macht.

Bereits im 17. Jahrhundert haben die Arbeiter beim Ernten und Verladen von Ware gemeinsam Gesänge angestimmt. Ich stelle mir unseren Chef vor, wie er hilflos mit schreckensweit aufgerissenen Augen durch die Reihen der Sänger taumelt und vergeblich versucht, diesen anarchischen Akt zu unterbinden. Stattdessen blitzt er uns verärgert an. Dabei singen wir nicht einmal. Und warum eigentlich nicht?

Wenn nie bei der Arbeit gesungen worden wäre, gäbe es dann vielleicht den *Banana Boat Song*? Nein!

Wer wollte diesen Verlust verantworten? Sie vielleicht, Chef?

Come, Mister tally man, tally me banana ...

Die moralische Last dürfte deutlich schwerer wiegen als eine Staude Bananen. Wir dürfen trotzdem nicht singen? Und lachen? Nur im Keller, wo auch Sie immer zum Lachen hingehen? Also gut, setzt Eure ernsten Mienen auf und verschließt die Lippen!

Daylight come and me wanna go home ...

Mark, der gelegentlich bei uns einspringt, wenn er einen ruhigen Tag hat und mit seinem Grünzeug ausnahmsweise einmal fertig ist, während wir noch tonnenweise Ware haben, singt tatsächlich manchmal beim Auspacken vor sich hin. Und zwar die Werbemelodien der Produkte, die er gerade in der Hand hat. Ich ertappe mich auch manchmal dabei, wie ich denke: „Puddis Pudding schmeckt wie Muddis Pudding." Aber Mark, der immer mit an Aufregung grenzender Emsigkeit bei der Sache ist, hält seine Gedanken nicht so knausrig zurück, er singt sie laut vor sich hin: „Geramont, Geramont ..." Mit einem gut gelaunten Sänger an der

Seite macht die Arbeit doch gleich doppelt so viel Spaß. (In den seltensten Fällen bringt es natürlich etwas, ‚Null' zu verdoppeln, aber das ist wohl ein anderes Thema.) Vielleicht sollten wir nächstes Mal doch gemeinsam etwas anstimmen. Es gibt doch dieses Tomatensalat-Lied, mit dem interessanten Text: Tomatensalat, Tomatensalat, Tomatensalat, Tomatensalat ... Nur dass in jedem Vers die Betonung variiert, so dass man irgendwann gar nicht mehr weiß, was für einen Quatsch man da eigentlich vor sich hinsingt:

Tomátensalat, Tomaténsalat,

Tomátensalat, Tomatensálat

Tomátensalát, Tomaténsalat,

Tómatensálat, Tomátensalát.

So etwas ist wichtig für das kollegiale Miteinander. Schließlich ist man auf die Kollegen angewiesen. Das gilt ganz besonders, wenn es darum geht, gewissen Situationen mit gewissen Kunden zu entgehen, vor allem mit denen, die man schon riecht, bevor sie den Laden überhaupt betreten haben. Einer dieser eher unangenehmen Stammkunden ist Hubert. Hubert stinkt schrecklich. Er trägt bei jedem Wetter Gummisandalen. Im Sommer kommt er oberkörperfrei, im Winter schlottert ihm ein ungeknöpftes Hemd oder eine abgetragene Strickjacke um den Leib. Hubert kauft jeden Tag ein bis zwei Flaschen Korn. Vermutlich gießt er damit nicht seine Blumen. Er ist eine Gestalt, die einerseits Mitleid erregt: Nicht selten bricht er im Laden zusammen und muss dann auf einem der Hocker rasten. Andererseits ist es kaum möglich, seinen emotionalen Ausbrüchen gerecht zu werden. Selbst der Welt beste Kassiererin Frau Brink, Geduld und Gelassenheit in Person, findet es unzumutbar, wenn Hubert wieder einmal beim Bezahlen in Tränen ausbricht und sich fünfzehn Minuten lang direkt neben der Kasse auf einem Hocker niederlässt, um sich von den Strapazen seines Ausflugs auszuruhen. Seine Nähe ist wirklich nur schwer zu ertragen. Im Krankenhaus werden Patienten, die ein angemessenes Maß an Hygiene nicht einhalten, als erstes in die Dusche geschickt. Ich habe schon manches Mal gedacht, dass wir unser Kabuff mit den Mülltonnen in eine öffentliche Dusche umfunktionieren sollten. Der Aufenthalt im Laden zu Therapie- und Rastzwecken sollte an ein gewisses Maß an Hygiene geknüpft sein.

Wenn Hubert naht, muss schnellstens ein Manöver her. Denn mit ein paar Grußworten ist es bei ihm nicht getan. Hat er erst einmal zu erzählen begonnen, kann man nur noch wie ein Kaninchen in Schockstarre verharren, bis er sich wieder entfernt hat. Leider gehört Hubert auch zu diesen Menschen, die nicht das geringste Gespür für ein angemessenes Distanzveralten haben. Dreißig bis vierzig Zentimeter sind okay, wenn man mit einem

Freund auf der Parkbank ein Eis isst. In der soziologischen Proxemik (die die nonverbale Kommunikation zwischen Individuen untersucht, die durch Einnehmen einer bestimmten Distanz entsteht) gilt ein Abstand von mindestens einem Meter zwanzig als angemessene soziale Distanz.[4] Hubert scheint davon nichts zu wissen, und er versteht auch nicht, was es bedeutet, wenn jemand im Gespräch ein bis zwei Schritte zurücktritt. Er nimmt dies als Einladung, ebenso viele Schritte in dieselbe Richtung zu tun ...

Jana und ich befüllen gerade das Käseregal in der Nähe des Backshops. Da steht plötzlich Hubert vor uns. Ich befinde mich glücklicherweise gerade von ihm aus gesehen hinter dem Rolli, während Jana und Christine (die ebenfalls gerade dort zu tun hat, da sie neben den Broten auch für täglich frisch gelieferte Wurst und Käse zuständig ist) seiner unangenehmen Aura direkt ausgeliefert sind.

„Kannst du mir mal bitte im Backshop helfen, ich brauche jemanden, der mit anfasst", behauptet Christine kaltblütig und zieht Jana am Ärmel mit sich.

„Die lassen mich hier allein", denke ich und bastle umständlich an einer Camembert-Verpackung herum.

---

[4] Möglicherweise gelten in anderen Kulturkreisen andere Distanzen als üblich, was Hubert allerdings nicht aus der Affäre ziehen kann.

„Ach, ach, ach", setzt Hubert an und macht einige Schritte auf mich zu. Da ruft Christine aus dem Backshop:

„Boeschi, wir brauchen dich hier. Uns ist was weggerutscht."

Die lahmste und unglaubwürdigste Ausrede aller Zeiten, die in keinem Verhältnis zu der Dankbarkeit steht, die ich dafür empfinde.

„Bah", ruft Christine aus und beginnt eine Schmährede auf Hubert, der mir jetzt fast leidtut. Um sie von derlei Kommentaren abzubringen, fange ich an, willkürliche Fragen über die Funktionsweise der Apparate zu stellen, die sich im Backshop befinden. Die Brotschneidemaschine ist für mich bis heute ein unheimliches Monster. Und wie erstellt man eigentlich Etiketten für geschnittene halbe Brote?

„Ja, da musste einfach hier so auf einen Knopf drücken." Aber das Ablenkungsmanöver funktioniert nicht lange.

„Der ist so widerlich, dieser Kerl", fängt Christine wieder an, und ich hoffe, dass er inzwischen in einem anderen Teil des Ladens verschwunden ist und es wenigstens nicht mit anhören muss.

Daylight come and me wanna go home …

Die Phrasendrescherin

Christine hat in allem einen leichten Hang zur Übertreibung. Ihre Herzlichkeit war mir zunächst ebenso befremdlich wie ihre Art, Unzufriedenheit zu äußern:

„Ich krieg hier gleich nen Tropsuchtsanfall" ist einer ihrer Lieblingssprüche. Ich stelle sie mir dann immer vor, wie sie auf weißen Sandstränden aufgeregt zwischen Palmen hin- und herläuft und vielleicht in ihrer Rage Kokosnüsse mit den Zähnen öffnet, wie dieser Philippiner von Bohol, den ich in einem Youtube-Video mit dem Titel *World's fastest coconut husker* gesehen habe. Er schält innerhalb weniger Sekunden eine Kokosnuss mit seinen Zähnen und öffnet sie dann mit einer Machete. Ob Christine das auch könnte?

Die eigentliche Phrasendrescherin ist aber nicht Christine, sondern Susanne. Sie hat für alles einen passenden Spruch parat. Ich habe mir früher nie viele Gedanken über solche Äußerungen gemacht. Ich finde es hochgradig sonderbar und gewissermaßen bewundernswert, wie man die komplette Kommunikation eines Arbeitstags bewältigen kann, indem man nahezu ausschließlich aus einem Fundus an Phrasen und Redensarten schöpft, ergänzt um einige Ausrufe wie „Ach ja!", „Nee, nee, nee!" und „Also weißte!"

Der Schichtleiter, der als Schlüsselträger den Zugang zum Tresor hat und somit auch dafür verantwortlich ist, dass die Kassen ausgegeben werden können, kommt in letzter Zeit reichlich spät. Wenn er nicht da ist, können die Kassen nicht geöffnet werden, was die ganze Einrichtung eines Supermarktes natürlich witzlos macht. Und so bangt die Frühschicht täglich darum, dass der Laden rechtzeitig geöffnet werden kann. Schließlich erscheint der Schichtleiter in letzter Minute, zieht den Schlüssel aus der Tasche und entschärft das Wutschnauben der Kunden, die nun erst um sieben Uhr eins den Laden betreten dürfen, mit einem charmanten Lächeln. Alles noch einmal gut gegangen, aber für alle Beteiligten ist die Situation jedes Mal nervenaufreibend. Die Kunden stehen oft schon um zehn vor sieben vor der Tür, starren ins erleuchtete Innere, und wenn man den Anfängerfehler begeht, in ihre Gesichter zu schauen, erkennt man die quälende, die Mienen bis zur Verzweiflung verzerrende Frage, wann sie endlich eingelassen werden. Mit Ausnahme der Miene von Frau Siebel, die einen Quell unerschöpflicher erhaben-penetranter Nachsicht offenbart. Von ihr soll gleich noch die Rede sein. Aber zurück zum Markteingang: Um Punkt sieben Uhr werden erregte Bürger, die ein Recht darauf haben, einzukaufen, beginnen, an die Scheibe zu klopfen. Frau Brink ist vorsorglich in den hinteren Bereich des Ladens geflohen und gesteht uns:

„Ich will mich nicht da vorne aufhalten, so ganz ohne Kasse, während der Mob gegen die Scheiben hämmert."

„Dat jeht doch auch nich, dat der Kerl immer zu spät kommt", empört sich eine andere Kollegin.

„Der kann dat doch so nich immer machen, diese Art, weeste, so –"

„Kommste heute nicht, kommste morgen", hilft Susanne aus und bringt damit tatsächlich die Haltung unserer Schließkraft auf den Punkt, die jetzt mit einem Grinsen vor uns steht, nur neunundfünfzig Minuten verspätet.

„Wenn man vom Teufel spricht", meint Susanne. Vielleicht sollten wir einfach öfter schon um sechs Uhr von ihm sprechen.

Kurt, ein Kunde, der täglich einkaufen kommt und immer auch auf einen kleinen Plausch oder eine Schäkerei aus ist, hat meine Kollegin Nicole in ein peinliches Gespräch verwickelt.

„Hast du eigentlich einen Freund?"

Was für eine Frage! Dieser Typ erinnert mich ein bisschen an einen gestörten Lehrer, der in meiner Klasse damals zwei Jahre lang Religion unterrichtete. Meine Mitschülerin Annika kam zum Religionsunterricht eigentlich immer zu spät, bekam von ihm dafür aber nie einen Eintrag.

„Annika, immer wenn Sie den Raum betreten, geht die Sonne auf. Dafür unterbreche ich gerne den Unterricht."

Wenn ich bloß an diesen widerlichen Kerl denke ... Auch er hat sich damals bevorzugt nach Dingen erkundigt, die ihn nichts angingen. Einmal saß ich in der Pause im Klassenraum und erledigte schnell noch irgendwelche Hausaufgaben für die nächste Stunde. Prompt steht dieser schmierige Lehrer vor mir und fragt:

„Na, Franzi? Bist du fleißig? Hast du eigentlich schon einen Freund?"

Es gibt immer diese Typen, die es eigentlich gar nicht geben sollte und die vor den scheußlichsten Anzüglichkeiten nicht zurückschrecken.

„Also Kurt, was ist denn das für eine Frage!"

„Ich meine ja nur. Ihnen würd' ich gern mal einen Klaps auf den Po geben. Aber ich will ja nicht den Zorn Ihres Freundes auf mich ziehen."

„Das würde ich Ihnen auch nicht empfehlen. Der ist nämlich Karate-Meister", meint Nicole. Ich stecke meinen Kopf tiefer in die Kühltruhe, um nicht unverhofft in dieses Gespräch einbezogen zu werden. Kurt ist inzwischen weitergezogen, und Christine, die seine Anmache auch mitbekommen hat, bohrt nun ebenfalls recht indiskret nach.

„Hör mal, Mäuschen, hast du wirklich einen Freund, der Karate-Meister ist?"

„Quatsch." Nicole rollt mit den Augen.

„Aber nen Freund haste doch."

Was du Christine erzählst, weiß morgen die halbe Stadt. Vielleicht hätte Nicole besser ein weiteres Mal mit den Augen gerollt und dafür den Mund gehalten.

„Weißte doch, dass ich Single bin", sagt sie stattdessen. Ein Fehler! Und das Stichwort für Susanne, die gerade mit einer Tüte gefrorener Teigrohlinge wie ein zweiter Schatten hinter Christine her schlurft:

„Du kommst schon auch noch unter die Haube. Auf jeden Topf passt ein Deckel."

„Auf jeden Topf passt ein Dackel", behauptet Christine, und die beiden verschwinden im Backshop.

Christine und Susanne sind ein unschlagbares Duo, und wenn je ein heller Kopf auf die Idee käme, eine Comedy-Serie über einen Supermarkt zu drehen, wäre ein solches Gespann, wie Statler und Waldorf aus der Muppet Show, unverzichtbar. Diese Serie würde ich glatt schauen, selbst wenn ich den Irrsinn tagsüber live miterlebe. Ich sehe das schon in sieben Staffeln neben den *Scrubs*-DVDs in meinem Regal stehen: *The Supermarketeers*. Wenn ein Krankenhausalltag genug Comedy-Stoff für acht Staffeln hergibt, warum dann nicht auch der Alltag in einem Supermarkt (wo, ganz nebenbei gesagt, viel seltener Leute sterben als in Krankenhäusern). Auch *Scrubs* hat in Dr. Cox mit seinen Schimpftiraden und Dr. Kelso mit seiner sarkastischen Art ihren Statler und ihren Waldorf. Auf dieses dramaturgische Element ist offenbar Verlass. Vielleicht hat unser Paar einen weniger schwarzhumorigen, als vielmehr einen fatalistischen Unterton. Hier schon einmal ein erster Dialog für das Drehbuch:

„Ich hab keinen Bock mehr, ellichnich."

„Ach, ja."

„Man arbeitet sich hier den Arsch ab ..."

„... und tut und macht."

„Was willste machen."

„Da kannste nix machen."

„Das ist echt das Letzte."

„Irgendwann haste die Faxen dicke."

„Das kannste laut sagen."

„Aber hallo, das mach ich auch."

Ich stehe am Käseregal und jongliere angeblich „verbesserte" Verpackungen mit Cheddar, die mir natürlich entgleiten, weil ich versucht habe, mit der anderen Hand einen leeren Karton aus dem Regal zu ziehen, wobei weitere Packungen gleich mit aus dem Regal fallen. Reflexartig fange ich sie mit der Hand auf, während die Käsepackungen von meinem Arm in alle Richtungen davonspringen. Klar, dass gerade in diesem Augenblick Susanne vorbei schlappt:

„Das war ja wohl ein Schuss in den Ofen."

Ich stelle mir vor, wie ich mit einem Fußball vor einem Ofen posiere. Ich würde diese winzige Öffnung niemals treffen. Das müsste schon ein ziemlich großer Ofen sein. Selbst der Ofen im Backshop wäre mir als Tor zu klein. Aber ganz ehrlich, wer könnte schon mit zwei Einheiten Cheddar zu je fünfzehn Packungen auf einem Hocker stehend einen Ball in einem mehrere Meter entfernten Ofen platzieren? Noch dazu, wenn sich dazwischen die Brotablage befindet? Ich vermute, dass Susanne meine Ausschweifung nicht verstehen würde, da sie in Gedanken sicher längst wieder ganz woanders ist, daher kontere ich in ihrer Sprache:

„Ein Satz mit X."

„Das war wohl nix", ergänzt sie und ist im nächsten Gang verschwunden. Ich habe mich oft gefragt, ob sie diese Dinge in einer inneren Datenbank säuberlich abgelegt hat und die Fähigkeit besitzt, in jedem Moment ihres Lebens auf die entsprechenden Schlagwörter zuzugreifen.

Dass sie nicht für jede Situation etwas Passendes in ihrem Speicher hat, habe ich allerdings auch schon erlebt, und zwar im Raucherzimmer, in einer höchst bizarren Konstellation: Mark, der aufbrausende Heißsporn, im Gespräch mit Susanne, deren Haltung immer etwas Lustloses, fast Apathisches hat.

„Ich könnte mich schon wieder aufregen", entrüstet sich Mark. „Weißt du, was hier schon wieder los war heute?"

Susanne sitzt am Tisch und ist in ihr Smartphone vertieft. Ich frage mich, wie sie das Blättern in ihren Nachrichten mit den langen Fingernägeln hinbekommt. Auf Mark, der mit hochrotem Kopf in der Tür steht und den gesamten bisherigen Tagesablauf noch einmal zusammenfasst, reagiert sie ohne aufzuschauen mit einem müden:

„Ja, hier machste was mit."

„Ich halte das hier echt nicht mehr lange aus. Ich habe schon Alpträume. Ich wache morgens um vier Uhr schweißgebadet auf, kann nicht wieder einschlafen und renne dann panisch durch die Wohnung, weil ich weiß, dass man hier schon wieder alles gleichzeitig machen muss."

Mark meint das durchaus ernst. Mit hochrotem Kopf und Tränen in den Augen kramt er nach seinen Zigaretten. Susanne schaut einen Moment lang verdutzt auf, greift dann ebenfalls nach ihrer Zigarettenschachtel, findet sie leer, und sagt:

„Ich mach jetzt mal meine Bestellungen."

So ganz kommt man mit einem bunten Strauß an Phrasen dann wohl doch nicht aus.

Mark hat im Übrigen nicht Unrecht. Es ist tatsächlich so, dass einige Arbeiten immer an denselben Mitarbeitern hängenbleiben, und er ist einer von ihnen, da er früher mehrere Jahre Marktleiter war, den Laden sehr gut kennt und mit allen Aufgaben vertraut ist. So kommt es oft zu Situationen, in denen er gleichzeitig das Gemüse packen, Ware annehmen, den Geldtransportfahrer abfertigen und nebenbei noch zweite Kasse machen muss, was praktisch unmöglich ist. Susanne hat von dieser Überbelastung keine Vorstellung. Ihre Schicht beginnt um sechs Uhr und endet um elf Uhr. Dann kann sie ihre Sachen packen und gehen. Diejenigen, deren tägliche Arbeitszeit an ein bestimmtes Pensum gebunden ist, stehen deutlich mehr unter Strom, und in vielen Fällen besteht eine gewisse Art von Neid bis hin zur Missgunst gegenüber denen, die anscheinend unter besseren Bedingungen arbeiten (dafür allerdings auch deutlich weniger verdienen). Mark hegt eine solche Missgunst nicht. Er will einfach nur seine Überforderung zum Ausdruck bringen und hat dabei beinahe etwas Kindliches an sich. Ich bin nicht sicher, ob er Susannes Desinteresse bemerkt. Beide leben so sehr in ihren eigenen Welten, dass sie vollkommen aneinander vorbeireden. Ein Gespräch zwischen Susanne und Mark gleicht einer Konversation zwischen Bewohnern unterschiedlicher Planeten. Das

Einzige, was sie verbindet, ist die Zigarette, die sie sich gelegentlich zwischen die Lippen schieben.

Auch wenn diese Einsicht kaum für mehr als den allgemeinsten Allgemeinplatz taugt, bin ich doch immer wieder überrascht, wie unterschiedlich Menschen sind und dass es tatsächlich Gespräche gibt, die eher zwei zufällig im selben Raum gleichzeitig geführten Monologen gleichen.

Eines der größten Kommunikationshemmnisse ist meines Erachtens ein unterschiedlicher Sinn für Humor. Je weniger Übereinstimmungen in der Art des Humors, desto schwieriger, sich miteinander zu arrangieren. Am schwierigsten ist es, mit denen auszukommen, die überhaupt keinen Humor zu haben scheinen und die Ironie nicht einmal dann verstehen, wenn man sicherheitshalber dazusagt, dass etwas jetzt gerade ironisch gemeint war. Es gibt nichts Komplizierteres als humorlose Menschen. Aber auch, wenn man sich darin verschätzt, welche Art von Humor jemand hat, kann das zu peinlichen Situationen führen, bei denen man nur hoffen kann, dass die anderen auch ein anderes Empfinden darüber haben, was als peinlich anzusehen ist.

Ich habe einmal den Fehler gemacht und einer Kollegin davon erzählt, dass ich, wenn ich Regale sortiere, die Schüttelreime zu den Produktnamen bilde und dabei oft zu (wie ich fand) ausgesprochen lustigen Ergebnissen komme, wie zum Beispiel:

Sühnerhuppe, Kischfräse, Fatzenkutter und Fundehutter. Ühstücksfreier, Speichwüler, Gaukummi und Kokoschekse.

Ich erzähle ihr irgendetwas von Schinterhinken und Weberlurst. Sie findet es kein bisschen komisch. Unvermittelt beginnt sie, mir von ihren zwei Dackeln zu erzählen, mit denen sie gestern beim Tierarzt war. Wie kommt sie denn jetzt auf Dackel? Na gut, jeder hat irgendwelche inneren Zwänge (habe ich mir sagen lassen). Sie muss jetzt von Dackeln sprechen, und ich muss eben Wörter schütteln. Aber ich kann mich natürlich auch über Vierbeiner unterhalten. Bierveiner. –Nein, sie findet es definitiv nicht zum Lachen. Sie hält mich wahrscheinlich für vollkommen verrückt.

Beim Schichtwechsel erzähle ich meinem Kollegen Gianni, ich hätte mich schon auf ein Siederwehen mit ihm gefreut, nur um zu testen, ob ich tatsächlich verrückt bin.

„Du hast doch einen am Waffeleisen", meint er. „Du solltest dich lieber freuen, dass du Eierfabend hast."

Eigentlich beweist das nur, dass Gianni auch verrückt ist. Damit kann ich leben.

Die Zeitschriften

Jeden Morgen werden zwischen sechs und halb sieben die Zeitungen und Zeitschriften geliefert. Die Kassenkraft, die die erste Schicht hat, beginnt um halb sieben mit dem Packen der Zeitschriften und setzt sich dann um sieben an die Kasse. So jedenfalls sieht die graue Theorie aus. In der Wirklichkeit kommen die Zeitschriften aber nicht immer so pünktlich, dass sie rechtzeitig ausgepackt werden können. Gelegentlich kommen sie sogar erst nach Ladenöffnung, worüber einige Kunden sehr erbost sind. An einem solchen Morgen betritt Frau Siebel den Laden – eine Kundin, die zuverlässig um zehn vor sieben durch die Glastüren späht. Sie steckt ihre zwei obligatorischen Pfandflaschen in den Pfandautomaten und stolziert mit ihrem erhabenen Lächeln zur Zeitschriftenwand. Aber – Skandal! Die Zeitschriften sind noch nicht ausgepackt! Nun ist es sicher nicht schön, wenn man morgens seinen Lesestoff nicht bekommt, aber ist es notwendig, in dieser Situation durch den gesamten Laden zu schreiten, jeden einzelnen Mitarbeiter auf diesen Missstand anzusprechen, bis hin zum Chef, und sich dann eine Viertelstunde neben den armen Gianni zu stellen, der soeben die Zeitschriften vom Lieferfahrer entgegengenommen hat und nun in Eile beginnt, sie einzusortieren?

„Also, eigentlich sollten diese Zeitungen nicht erst so spät ausgelegt werden!", beginnt sie. „Normalerweise müssen die einsortiert werden, bevor der Laden öffnet. Ich weiß das, ich habe einmal an einem Kiosk gearbeitet. Da wurden alle Zeitungen und Zeitschriften um vier Uhr morgens geliefert. Es kann ja nicht sein, dass jemand so lange auf seine Zeitung warten muss. Das sind doch auch Tageszeitungen."

Sie wendet sich einer Kundin zu, die gerade den Laden betreten hat.

„Oder wollen Sie vielleicht Ihre Tageszeitung erst am späten Nachmittag kaufen?"

Es ist sieben Uhr zwei, Frau Siebel!

„Ich lese keine Zeitung", meint die Kundin und füllt ungerührt ihren Einkaufskorb mit Äpfeln.

„Die können Sie nicht erst am Nachmittag auslegen oder noch später, wenn der Tag schon fast vorbei ist", fährt Frau Siebel, jetzt wieder an Gianni gewandt, fort. „Na ja, Sie können wahrscheinlich jetzt nichts dafür. Sie machen das ja sonst auch gar nicht. Das machen das doch immer Hülya oder Jana."

Von fast allen Mitarbeitern kennt sie die Vornamen, weiß, wer in welcher Abteilung arbeitet und merkt sich jedes noch so kleine private Detail, das sie aufschnappt. Und auch wenn das Bild, das sie sich daraus zusammenbastelt, nicht immer der Wahrheit entspricht – immerhin ist es ein Wissen aus erster Quelle, das dasjenige über die britischen, spanischen und niederländischen Königshäuser bei

Weitem in den Schatten stellt. – Wozu braucht sie eigentlich diese Zeitschriften so dringend, wo sie doch die interessantesten Skandale direkt vor der Haustür hat – hier, in diesem Laden. Heute zum Beispiel: Gianni, dieser schlaksige junge Typ mit den zwei linken Händen packt die Zeitschriften und weiß gar nicht, wo er die einzelnen Ausgaben einsortieren soll. Dabei springt doch sonst immer Jana ein, wenn alle Stricke reißen! Was Frau Siebels Spürnase jedoch entgeht: Wenn Jana diese Aufgabe übernimmt, ist das nur eine absolute Notlösung, denn dadurch kommt sie mit ihrer eigenen Abteilung in Verzug, und dann steht dieselbe Frau Siebel um sieben Uhr drei vor dem Milchregal und beginnt einen Sermon darüber, dass es doch sehr ärgerlich sei, dass die Sorte Milch, die sie immer kauft, noch nicht ausgepackt ist …

Gianni jedenfalls bewahrt vollkommene Ruhe und lässt sich nicht anmerken, dass das besserwisserische, hinter dem Lächeln als nette Plauderei getarnte Gemecker der aufdringlichen Frau Siebel ihm den letzten Nerv raubt.

Sehr vorbildlich, Gianni!

An einem schwarzen Morgen im Februar wird uns mitgeteilt, dass Frau Brink, unsere Hauptkassenkraft für die Frühschicht, mehrere Wochen ausfallen wird. Nicht nur, dass wir nun wahllos zusätzliche Stunden aufgedrückt bekommen, um diesen Ausfall zu kompensieren und uns an der Kasse abzuwechseln – irgendjemand muss nun auch an ihrer Stelle die Zeitungen und Zeitschriften einsortieren. Die erste Aushilfskassiererin bekommt das aufs Auge gedrückt, schafft es aber, wie so oft, nicht mehr rechtzeitig, weil die Lieferung mal wieder zu spät kommt. Es ist drei Minuten vor sieben: Ich mache den Fehler und bringe einen verwaisten Einkaufskorb zurück in den Kassenbereich. Meine überforderte Kollegin überträgt die Aufgabe mit den Zeitschriften spontan mir. Ich habe bisher nie Zeitschriften einsortiert und weiß nicht, worauf ich achten muss. Nicht unerhebliche Fragen tun sich auf: Warum werden hier Fernsehzeitschriften für diese Woche geliefert, während die für nächste Woche schon in der Auslage stecken? Haben die Mickey-Maus-Hefte einen bestimmten Platz, oder hat es seine Richtigkeit, dass sie über alle unteren Reihen wild verteilt sind? Kommen die Hefte für die laufende Woche aus der Ablage, obwohl die Woche noch gar nicht zu Ende ist? Keine Sorge! Da ist ja schon Frau Siebel. Noch bevor sie ihre Pfandflaschen losgeworden ist, stürzt sie sich auf das offensichtliche Elend: Der Zeitungswagen steht noch da. Die Zeitungen sind noch nicht gepackt.

„Machen Sie das zum ersten Mal? Ich kann Ihnen helfen?", ruft sie, und schon fummelt sie zwischen den Zeitungen herum und redet in einem fort.

„Nein, ich mache das lieber allein", sage ich in aller Direktheit, weil ich ihre Hartnäckigkeit kenne und weil es zwischen Zeitungsregal und Osteraufstellern ohnehin schon für eine Person viel zu eng ist. Sie hat es natürlich überhört.

„Lassen Sie mich das bitte machen", wiederhole ich. Sie reagiert nicht.

„Und diese – kommen hier hin. Wartense mal, was haben Sie denn da?"

Nun kommt noch eine Dritte dazu, die Kollegin, die eigentlich schon an der Kasse sitzt, aber jetzt doch mal eine Minute Luft hat.

„Was hast du denn da?", fragt nun auch sie und nimmt mir den Packen aus der Hand. Eine Geduldsprobe. Beide quasseln, was das Zeug hält, und ich bin froh, als wir endlich alles in der Auslage untergebracht haben. Frau Siebel, ich weiß, dass Sie es gut meinen und nur helfen wollen. Aber Sie sind eine Nervensäge! Und *Sie* sind später nicht da und müssen sich dem Verhör von Frieda, einer anderen Stammkundin, stellen:

„Sag mal, wer hat eigentlich heute die Zeitschriften sortiert? Da ist ja alles verkehrt!"

Da hilft es nur, ein paar Mal tief zu atmen und den Geist für einige Sekunden an einen Ort voller Blümchen und rosa Plüschkaninchen in den Urlaub zu schicken.

Unterschiedliche Welten

Nicht jeder hat die Gemütsruhe eines Stoikers. Ich habe schon Kollegen derart ausrasten sehen, dass ich dachte, sie reißen gleich dem nächsten, der ihnen über den Weg läuft, den Kopf ab. Mark zum Beispiel kann sich schnell aufregen. Dann läuft er schnaufend und fluchend durch den Laden, und man spricht ihn besser nicht an, bis er sich beruhigt hat und wieder trällernd Waren ins Regal schiebt.

Thilo, den ich nur aus meiner Anfangszeit kannte und der später in einen anderen Laden gewechselt ist, hatte eine extrem niedrige Aggressionsschwelle. Im Grunde war er ein netter Kerl, aber um ihn zum Explodieren zu bringen, reichten Kleinigkeiten. Ich habe mir einmal einen seiner Wutausbrüche zugezogen für einen Stapel Kartons, den jemand etwas ungünstig im Gang platziert hatte und den ich eben entsorgen wollte.

„Kannst du mir mal sagen, warum diese Kartons hier stehen?"

„Ich räume sie gerade weg."

„Das will ich auch meinen. Wir sind hier nicht auf der Müllhalde. Andere wollen hier durchgehen. Den Müll immer sofort wegräumen! Immer! Sofort! Und nicht hier solche Stapel anhäufen, die dann umfallen. Da braucht doch nur einer gegenzukommen!"

Ein rauer Umgangston und teilweise ungerechte Zurechtweisungen bleiben nicht aus, wenn die Mitarbeiter so unter Druck stehen, wie es im Einzelhandel häufig der Fall ist, und wenn nicht nur unterschiedliche Temperamente, sondern auch ganz verschiedene Lebenssituationen und -konzepte aufeinandertreffen. Ein junger Mitarbeiter, der soeben den Posten eines Assistenten übernommen hat und sich durch unermüdlichen Einsatz und Opferbereitschaft die nächste Stufe auf der Karriereleiter erkämpfen will, hat natürlich eine andere Arbeitseinstellung als ein Student, der sich ein bisschen was neben dem Studium verdient, eine Teilzeitkraft, die für acht Euro fünfzig die Stunde arbeitet, oder eine Vierhundertfünfzig-Euro-Kraft, die Arbeitslosengeld bezieht und von fünf bis zehn Überstunden in der Woche so gut wie keinen finanziellen Vorteil hat, sie aber trotzdem machen muss, wenn sie den Job nicht ganz los sein will.

Von jedem wird derselbe Einsatz erwartet, und wenn einmal wieder die Ware zu einer anderen Zeit kommt als vorgesehen, das Lager aussieht, als wären zwei Horden Wildschweine durchgelaufen, zwischendurch noch die Handwerker und ein Süßwarenexperte erscheinen und eine Chefsperson sprechen möchten, diverse Mitarbeiter krankgemeldet sind und einer wegen fristloser Kündigung ausfällt, dann will der ambitionierte Assistent trotzdem alles wuppen und am Ende sagen können: „Alles, was schiefgehen konnte, ist hier schiefgegangen, aber schaut her! Das Lager ist aufgeräumt, die Regale sind alle gefüllt, der Papierkram ist erledigt, und das alles DANK MIR!" Diese Utopie wird niemals eintreten, das wird auch er irgendwann begreifen, aber jetzt sehe ich in seinem fiebrigen Blick, dass er vollen Einsatz im Dienste seines Heldentums auch von mir erwartet und mich mit Blitzen seines ungezügelten Zornes zu beschießen gedenkt, wenn ich nicht zusage, heute nochmal eben zwei Stunden dranzuhängen, obwohl ich diese Woche schon fünf Überstunden gemacht habe und einen Termin habe, den ich so kurzfristig nicht absagen kann. Ein Termin so kurz nach Dienstschluss! Wie egoistisch! Man muss auch an das Wohl des Geschäfts denken! Meine fehlende Hingabe verleitet mich dazu, dem Irrsinn nicht nachzugeben und meinen Termin wahrzunehmen. Nun bin ich den Rest der Woche unten durch. Was soll's! Jedenfalls ist es geradezu vorprogrammiert, dass es unter diesen Bedingungen zu Reibereien kommt und dass es manchem auch ganz die Laune verdirbt.

Einer unserer Mitarbeiter hat unter diesem Druck schier seine ganze Fröhlichkeit zugunsten einer Grabesstimmung aufgegeben, die den Laden in einen unterweltähnlichen Ort verwandelt, wenn er die Schichtleitung innehat oder sich auch nur in der näheren Umgebung aufhält. Ich werde ihn hier den Knecht aus der Unterwelt nennen, weil er sich offenbar ganz dieser lebensfröhlichkeitsraubenden

Macht verschrieben hat. Ich merke schon beim Betreten des Ladens, dass er irgendwo in der Nähe sein muss, weil alle Fröhlichkeit, alles Rosa, Glitzer und Plüsch in dem schwarzen Loch verschwunden sind, das er stets mit sich führt.

Wie kann man so unterweltlerisch dreinschauen, denke ich jedes Mal, und wie kann man sich die gute Laune so gründlich austreiben lassen? Es gibt einfach Menschen, die können aus jedem noch so unbedeutenden Vorkommnis einen Skandal machen. Da liegt Pappe auf dem Boden: Zeit für eine zehnminütige Ansprache über Ordnung und richtiges Stapeln von Kartons. Dort packt jemand zuerst den Tee, bevor er den Kaffee packt: Anlass genug für eine kleine Verbesserung, die „zugegeben nicht so essenziell ist, aber wir wollen ja auch auf die kleinen Dinge achten, und der Kaffee ist einfach wichtiger." (Und es macht natürlich einen sehr großen Unterschied, ob er um siebzehn Uhr elf oder um siebzehn Uhr siebzehn ausgepackt wird.)

Ein Rolli mit Kühlware, der Produkte aus zwei verschiedenen Abteilungen enthält, kommt mit der Warenlieferung. Das kommt oft vor, und normalerweise packt dann die eine Abteilung ihren Kram schnell um, stellt den Rolli dann für die andere Abteilung bereit und gibt Bescheid. Wenn es sich um Kühlwaren handelt, bleibt, je nachdem, ob daran sofort weitergepackt wird oder die Mitarbeiter noch mit anderem beschäftigt sind, der Rolli dort oder wird in die separate Kühlung des Backshops gefahren. Das Backshop-Duo ist aber heute nicht da, und der freudlose Knecht aus der Unterwelt ist dafür zuständig. Ich packe die Kartons, die zu unserer Abteilung gehören, auf unsere Rollis, schiebe den Rest an den gewohnten Platz und gebe Bescheid. Ein Vorgang, über den ich gar nicht weiter nachdenke, weil er sich täglich wiederholt. Nein, so geht das nicht! – Zeit für einen mittelschweren Skandal.

„Wie lange steht der Rolli da schon ungekühlt?"

„Ich habe ihn gerade da hingestellt."

„Der muss in die Kühlung. Sie können den doch nicht einfach da stehen lassen! Bitte fahren Sie ihn sofort ins Kühlhaus!"

Am Anfang habe ich einmal den Fehler gemacht und diese Sachen, die zur Backwaren- und Fleischabteilung gehören, wieder ins Kühlhaus in den Keller gebracht. Da musste ich mich von Christine und Susanne anmeckern lassen, wie ich nur so unpraktisch sein könne, den ganzen Kram runterzufahren, und sie müssten ihn dann nachher wieder raufholen. Das machen sie ja schon mit den leeren Papprollis nicht gern, aber dann auch noch mit den schweren Warenrollis? Nee, bitte nicht! Nun also doch den Wagen runterfahren ... Und das – ich ahne es bereits – geht nicht mit der einfachen Anweisung klar, sondern zieht einen Monolog über die Wahrung der Kühlkette nach sich, der mir mehr als genug Zeit gegeben hätte, den Rolli wieder hinunterzufahren und in meiner Abteilung weiterzumachen, was der Kühlkette vermutlich zuträglicher gewesen wäre. Diese Logik wird sich mir nie erschließen und auch nicht dieses besorgte Gesicht, das sich inzwischen in eine Hysterie hineingesteigert hat, die irgendwie nicht mehr gesund sein kann.

O, *tranquillitas animae*![5]

Während der Knecht aus der Unterwelt mit seiner Standpauke fortfährt und ich versuche, so auszusehen, als würde ich das, was er sagen will, bereits verstanden haben, so dass er seine Rede abkürzen könnte (was mir erwartungsgemäß nicht gelingt), frage ich mich, ob jedem Menschen ein bestimmtes Maß an Gelassenheit in die Wiege gelegt ist, oder ob man sich diese Tugend im Laufe seines Lebens erst aneignen muss. Welche der beiden Theorien auch zutrifft – dieser Mensch ist in jedem Fall leer ausgegangen.

---

[5] Wenn in Asterix-Heften die Römer Latein sprechen, d. h. in der Regel: fluchen, weil sie Schiffbruch erlitten haben, werden die Ausrufe unter den Zeichnungen übersetzt. Dieses Buch will den Asterix-Heften in nichts nachstehen. Die *tranquillitas animi* ist in der griechischen und römischen Philosophie die Gelassenheit der Seele oder des Geistes, also eine sehr nützliche Sache.

Sechsundfünfzig Energydrinks

Gab es je in Ihrem Leben je einen Zeitpunkt, zu dem Sie exakt wussten, wie viele Wäschestücke sich auf Ihrer Wäscheleine bzw. Ihrem Wäscheständer befinden, so dass sie, wenn Sie unterwegs von einem plötzlichen Regen überrascht werden, sagen könnten:

„Oh nein, ich habe vergessen, meinen Wäscheständer vom Balkon zu holen. Jetzt werden 51 Wäschestücke, die schon fast getrocknet waren, wieder nass!"?

Gianni weiß immer, wie viele Teile auf seinem Wäscheständer hängen, und aus irgendeinem Grund lässt er ihn häufig auf dem Balkon stehen, auch an Tagen, an denen ein Unwetter schon morgens abzusehen ist. Gianni und ich füllen gerade die leeren Zigarettenschächte in der Kasse auf, als eine Kundin den Laden betritt, ausruft: „Bah, wat nass draußen!" und ihren Schirm im Laden ausschüttelt. Während ich noch darüber nachdenke, ob das eher unter Unverschämtheit oder unter Unbedachtheit einzuordnen ist, ruft Gianni aus:

„Oh nein, siebenundzwanzig Wäschestücke! Ich habe vergessen, den Wäscheständer reinzuholen."

„Wenn es siebenundzwanzig sind, können es nicht ausschließlich Socken sein", folgere ich.

„Zählt denn jede Socke einzeln?", mischt sich Nicole ein, die gerade die Einkaufskörbe von der

Kasse in den Eingang zurückschiebt und unser tiefsinniges Gespräch mitangehört hat. Gianni schaut sie entgeistert an.

„Denk doch mal nach", sagt er.

„Ja", meint Nicole. „Das habe ich gerade getan. Ich glaube, bei dir piept's ein bisschen, wenn du nichts Besseres zu tun hast, als deine Kleidungsstücke zu zählen."

Gianni zählt nicht nur seine Kleidungsstücke. Er könnte auf Anhieb sagen, wie viele Stühle im Gemeinschaftsraum stehen oder wie viele Rollis mit Ware im Lager auf der Neuware-Seite sind und wie viele auf der Reste-Seite.

„Warum arbeitest du nicht als Inventurkraft?", fragt Nicole und verschwindet wieder hinten im Laden.

Gianni ist eindeutig verrückt, und er beherrscht die lockere Konversation mit den Kunden genauso wenig wie ich, vielleicht sogar noch weniger. Außerdem ist er manchmal ziemlich neben der Spur. Er lässt eigentlich nicht öfter Sachen fallen als die anderen auch, ist aber extrem unbeholfen, wenn es darum geht, das Chaos wieder zu beseitigen. An einem Abend, kurz vor Ladenschluss, als ich noch im Lager herumwerkle, die Putzsachen verstaue und gerade aufatmen will, weil alles geschafft ist, steht auf einmal Gianni vor mir, verströmt einen traubenzuckerartigen Geruch und ist von oben bis unten nassgespritzt. Er fleht mich an mit einem

Ausdruck, als wäre er höchstselbst für den bevorstehenden Weltuntergang verantwortlich:

„Du musst mir helfen. Scheiße, scheiße, scheiße. Ich habe 56 Energydrinks fallengelassen. Womit soll ich das denn jetzt aufwischen? Oh nein, das tut mir so leid!"

„Du hast die Dosen gezählt?"

„Es waren halt zwei Paletten, aber vier Dosen fehlten schon."

Gianni tritt von einem Bein auf das andere und entschuldigt sich inzwischen zum vierten Mal.

„Es gibt doch Schlimmeres", sage ich. (Zum Beispiel Öl und Schaschliksoße.)

„Ja, aber jetzt, drei Minuten vor Ladenschluss. Jetzt musst du meinetwegen länger bleiben."

Ich sage ihm nicht, dass es mir nichts ausmacht, seinetwegen länger zu bleiben. Das würde er bloß überbewerten und mich noch tagelang darauf ansprechen. Stattdessen drücke ich ihm eine Rolle Küchenpapier in die Hand und hole den Wischer wieder aus der Ecke. Was ich nicht vorhergesehen hatte: dass die Dosen zwischen die bereits von draußen hereingefahrenen Großpaletten gefallen waren und sich der Energy-See unter diesen ausgebreitet hatte, so dass wir kaum an alles herankamen. Das Gröbste können wir beseitigen, mit dem Rest würde die Frühschicht am nächsten Tag ihre Freude haben.

„Irgendwie riecht es hier komisch", meint der Chef, der gerade noch an der Kasse im bereits geschlossenen Laden seinen Tageseinkauf bezahlt. „Ich hab's. Energydrinks!"

Ob er das Malheur, das Gianni und ich gerade in Schach zu halten versuchten, tatsächlich nicht mitbekommen hatte, oder ob es eine Spitze gegen unser offensichtliches Ungeschick sein sollte, weiß ich nicht. Aber im Gegensatz zu meinem Kollegen, der noch Tage später von seinem schlechten Gewissen geplagt wurde, fand ich die ganze Szene ausgesprochen amüsant, zumal der Gedanke, all diese Dinge aufzuschreiben und andere daran teilhaben zu lassen, zu diesem Zeitpunkt längst zu einer Art Anker für mich geworden war.

Der römische Kaiser und letzte große Vertreter der stoischen Philosophie Mark Aurel[6] schreibt in seinen *Selbstbetrachtungen*:

„Denn wie sie [die Natur des Weltganzen] alles, was ihr in den Weg tritt und sich ihr entgegenstellt, umdreht und in das allgemeine Schicksal einordnet und zu einem Teil ihrer selbst werden läßt, so kann auch das vernunftbegabte Lebewesen jedes Hindernis zum Gegenstand seiner Tätigkeit werden

---

[6] 121-180 n. Chr.

lassen und es zu einem Zweck gebrauchen, den es selbst auch schon hätte verwirklichen wollen."[7]

Zu abstrakt? Anders gesagt: Wenn einem die Götter verwehren, an einem Ort zu arbeiten, an dem man sich heimisch fühlt, und einen stattdessen in einem Supermarkt absetzen, warum dann nicht die Augen schärfen und ein Buch schreiben, was man ohnehin längst einmal tun wollte?

Masken

In unserem kleinen Laden ist morgens, bevor die frische Ware vollständig eingeräumt ist, wirklich alles vollgestellt und jedes zweite Regal versperrt. Wenn das Gemüse gepackt wird, muss ein kleineres Regal mit Angebotsware, das sonst im Gemüsegang steht, vor das Kuchenregal geschoben werden, so dass man an den Kuchen kaum noch drankommt, was etwas ungünstig ist, wenn man ihn ins Regal räumen will ... Aber ich quetsche mich dazwischen und sortiere andächtig vor mich hin. Da höre ich das schiefste Mitpfeifen eines Songs, der gerade läuft, das ich je gehört habe. Wie selten man heute Menschen pfeifen hört! Diese Person verweilt im Gang aus Interesse an den Waren oder um einen Einkaufszettel zu studieren. Jedenfalls pfeift sie eine knappe Minute lang vor sich hin, und

---

[7] Mark Aurel. Selbstbetrachtungen. Griechisch – deutsch. Hrsg. und übersetzt von Rainer Nickel. 2. Auflage 2010, S. 197 (Achtes Buch, Abschnitt 35).

als sie um die Ecke kommt und mich am Boden sitzen und diese seltsamen Kekse mit dem Namen *Morbidi Amici* einsortieren sieht, ruft sie verstört aus:

„Oh, nein! Jetzt haben Sie mein furchtbares Gepfeife mit angehört."

Ja, habe ich, und es war ehrlich gesagt das Schönste, was ich heute bisher gehört habe.

Ich habe ja schon die These vertreten, dass Gesang eine positive Wirkung auf die Arbeitsatmosphäre hat, und wenn ich behauptet habe, dass Susanne nur Phrasen dreschen kann, war das nicht ganz korrekt. Ich sortiere gerade die Eierkartons, da höre ich aus dem Backshop Gesang:

„Ay, ay, ay, Ofen come on. Yey, yey, yey, come on." Es ist diese Verrücktheit, die mich glauben lässt, dass Susanne doch ein ganz normaler Mensch ist.

Selbst Menschen, die einem unsympathisch sind oder deren arrogante, herablassende oder hinterhältige Art man nicht ausstehen kann, wirken wie liebenswerte Menschen (zumindest aber überhaupt wie Menschen), wenn sie gerade keine Rolle spielen, sondern in ihre eigene Welt vertieft sind, wenn sie vor sich hinsingen oder Selbstgespräche führen.

In Berufszweigen, in denen Anerkennung und Lob rar sind und in denen ein beruflicher „Aufstieg" durch an Ausbeutung der eigenen Person grenzenden Fleiß üblich ist, scheint es folgerichtig, dass jeder möglichst gut dazustehen versucht. Möglicherweise ist das in vielen anderen Bereichen auch der Fall. Es ist jedenfalls eine Tatsache, dass diejenigen, die eine steile Karriere anstreben, oft bis zum Umfallen arbeiten und von anderen dasselbe verlangen. Denn aus Sicht des Schichtleiters, der sein selbst gestecktes oder von höherer Stelle auferlegtes Pensum schaffen will, sind die anderen Mitarbeiter nichts anderes als lauter Schnecken und Faultiere, die verhindern, dass er sein Ziel erreicht, was wiederum die Stimmung drückt. Andererseits: Vom jungen, dynamischen, aufstrebenden Schichtleiter bekommt mancher vielleicht auch mal das Lob, das der ausgebrannte Chef immer vergisst. Fast alle fügen sich diesem Druck auf die eine oder andere Weise. Und fast alle versuchen irgendjemandem gegenüber gut dazustehen. Die einen, indem sie ebenfalls Überstunden schieben und mit glühenden Händen die Regale vollstopfen, die anderen, indem sie ihre eigenen Verdienste herumerzählen. Leider auch oft, indem sie schlecht über andere reden und Unangenehmes auf Abwesende schieben. Mir geht die Hinterhältigkeit extrem gegen den Strich, und ich denke jedes Mal, dass Menschen, die auf diese Weise versuchen, sich selbst ins rechte Licht zu rücken, genau das Gegenteil tun, ohne es zu bemerken. Sie kehren ihre schlechteste Seite hervor, obwohl sie es kein bisschen nötig haben. Wer hat es schon in Wirklichkeit nötig, auf Kosten anderer besser dazustehen?

Jedenfalls mag ich Momente, in denen diese Masken fallen und damit meist auch die unsympathischen Züge einer Person. Als würde dann für einen kurzen Moment der Mensch sichtbar, der die ganze Zeit unter dem Gerümpel seiner Selbstinszenierung verborgen war. Wenn der Knecht aus der Unterwelt lacht, was so selten vorkommt, dass jeder sich nach ihm umdreht mit einem prüfenden Blick, ob auch wirklich er es war, der da gerade gelacht hat, ist er mir für diesen winzigen Moment lang nicht einmal unsympathisch. Dass er je so weit bringt, mit Mark zusammen Werbemelodien für Kaffee und Frischkäse zu singen, glaube ich allerdings nicht.

Christine verbringt einen großen Teil der Zeit damit, Grimassen zu ziehen, die andeuten sollen, wie genervt sie gerade ist. Wenn sie gut aufgelegt ist, wirkt sie wie ein anderer Mensch. Dann wirft sie mit Sprüchen um sich, die sie offenbar von Susanne gelernt hat, aber nicht, ohne sie ein bisschen abzuwandeln:

„Ohne Fleiß kein Eis!"

„Große Klappe, kleiner Hintern."

Sie sagt das so vor sich hin, und es ist weniger das Gesagte, das komisch wirkt, als die Situation, die Leichtigkeit, die sie plötzlich aus dem Nichts heraus ergriffen hat. Eben noch kurz vor dem „Tropsuchtsanfall", jetzt in bester Laune.

„Große Klappe, alles Pappe", sagt sie, während sie ihre zusammengefalteten Kartons im Papprolli verstaut. Ich muss lachen, daraufhin bricht sie ebenfalls in Gelächter aus, und jeder, der vorbeikommt, fragt, was Anlass zu der Heiterkeit sei.

„Große Klappe, alles Pappe", wiederholt Christine und kriegt sich jetzt kaum noch ein vor Lachen. Ungeachtet dessen, dass das eigentlich keinen Sinn ergeben kann, wird jede Gelegenheit gern wahrgenommen, einmal ein bisschen albern zu sein. Und so sind wir nun schon zu dritt, freuen uns und lachen uns kaputt. Wer weiß, wann dazu das nächste Mal Gelegenheit sein wird.

Ay, ay, ay, join us! Ofen, Ofen, come on!

Die Palme

Jeder Mitarbeiter muss ein Namensschild tragen, und wehe, wenn nicht! Man hat es vergessen, es ist verrutscht oder abgefallen – jetzt können die Kunden einen gar nicht mehr persönlich beschimpfen oder beim Marktleiter anschwärzen.

„Frau Ilsebill Müller hat gestern, als sie mich an der Kasse bedient hat, nicht ‚Ich wünsche Ihnen ein schönes Wochenende' gesagt, obwohl sie es zu dem Kunden vor mir gesagt hat."

Bei uns tragen aber nicht nur die Mitarbeiter Namensschilder, auch eine vertrocknete Palme im Raucherzimmer des Mitarbeiterbereichs hat einen Namen, und zwar den eines ehemaligen Assistenten. Die Palme Dorofejew. Ich betrachte sie als vollwertiges Mitglied des Teams, allerdings tut es mir leid, dass sie ihr Dasein im Raucherraum fristen muss. Ich weiß nicht, was sie als ehemalige Grünpflanze davon hält. Ich bin aber sicher, sie bekommt allerhand interessante Gespräche mit, denn die wirklich heißen Debatten werden immer im Raucherzimmer geführt. Wahrscheinlich, weil es der einzige Raum ist, bei dem man die Tür schließen kann.

Dorofejew war ein ambitionierter Assistent, den es nicht lange bei uns gehalten hat, aber so lange er da war, herrschte in seinen Schichten gute Stimmung. Er hatte immer blendende Ideen. Bei einer Sonderaktion ordnete er an, dass alle Mitarbeiter eine blaue Kraushaarperücke tragen und alle Mitarbeiterinnen sich die Lippen blau malen sollten. Zu diesem Zweck hatte er blaue *Buntstifte* angeschleppt. Jeder weiß, dass Frauen sich heutzutage die Lippen grundsätzlich mit Buntstiften anmalen. Einigen ist das sogar gelungen. Ich weigerte mich, meine Lippen zu bläuen und ehe ich mich versah, hatte ich ein blaues Herz auf der Wange. Ersatzbläue. Der blauhaarige Krauskopf Dorofejew sieht mich durchdringend an und verlangt es. Das wird nicht wieder abgewischt. Na gut, ich laufe den ganzen Tag wie ein Clown durch die Gegend und zeige den Leuten, wo die Gurkengläser stehen, mit einem blauen Herzchen im Gesicht. Nein, es ist mir überhaupt nicht peinlich.

Dorofejew weiß sich immer zu helfen. Ein Belüftungsrohr ist undicht? No Problem. Wird mit Paketklebeband wieder fest verschlossen. Sicher, effizient und ästhetisch. Der Pfandautomat spinnt? Dorofejew klettert höchstpersönlich hinein und sieht sich im Getriebe um. Alles top. Er schließt die Türen, und das Ding läuft wieder. Für einen Tag.

Ein lustiger Typ, bei dem ich, als er uns verlässt, keinen Zweifel habe, dass er irgendwo in kürzester Zeit zum charismatischen Marktleiter aufsteigen wird.

Ein anderer Charakter aus dieser Ära ist ein ehemaliger Auszubildender. Weil niemand seinen Vornamen aussprechen kann, nennen ihn alle *Herr Bashi*. Herr Bashi ist ein liebenswerter Chaot, und wahrscheinlich ließe sich ein ganzes Buch allein über ihn schreiben.

„Ich bin Kanake, aber mit Niveau", stellt er sich mir vor. „Ich habe ein Semester Politik studiert, aber die Studenten haben doch alle einen an der Waffel. Die wussten nicht mal alle Bundeskanzler der Bundesrepublik in der richtigen Reihenfolge. Ich bin Ausländer, und ich weiß alle. Willy Brandt ist mein Vorbild."

Ich gehe die Reihe der Kanzler im Kopf durch, um zu prüfen, ob ich auch zu diesen unwissenden Nichtsnutzen gehöre. Adenauer, Erhard, Brandt ... Nein, da fehlt einer.

„*Ich*", ereifert sich Herr Bashi, „ich als Ausländer kenne alle deutschen Kanzler. Und die Politikwissenschaftler? Alles Luschen."

Kiesinger! Aber war der vor oder nach Erhard? Tatsächlich, ich bin eine Lusche. Zu Hause suche ich sofort in Wikipedia nach. Adenauer, Erhard, Kiesinger, Brandt. Das war vor meiner Zeit. Ich fühle mich ungebildet, weil ich das nachschlagen musste.

„Kennst du die Reihenfolge der deutschen Kanzler?", frage ich Jana am nächsten Tag. „Ich habe sie gestern bei Wikipedia nachgelesen, nachdem Herr Bashi mir ein ganz schlechtes Gewissen wegen meiner mangelhaften politischen Bildung gemacht hat." Jana lacht. Was ist denn daran komisch?

„Herr Bashi! Das ist ein Vogel. Ganz sicher hat er nicht Politik studiert."

Dürfte schwierig sein mit einem Hauptschulabschluss. Ich muss schmunzeln. Ist das seine Art zu scherzen? Oder ist es ihm wirklich wichtig, mit seiner Bildung anzugeben oder mit Positionen, die er gar nicht innehat? Einmal meinte er zu einem Kunden:

„Nein, tut mir leid, das habe ich gerade nicht da. Ich werde mich aber darum kümmern."

„Sind Sie der Chef?"

„Der bin ich."

Ich erinnere mich, dass er am Anfang immer, wenn wir zusammen in einer Schicht waren, irgendwelchen Kunden gegenüber erwähnte, ich sei eine seiner besten Mitarbeiterinnen. Manchmal übertrug er mir irgendwelche Aufgaben, auf die er vermutlich selbst keine Lust hatte. Er nutzte es einfach aus, dass ich nicht wusste, dass er der Azubi ist. Ich dachte, er sei einer der Assistenten. Aber hat er nicht vorher darüber nachgedacht, dass sowas nicht auf ewig im Dunkel bleiben kann? Echt skurril, Herr Bashi!

Wenn Herr Bashi übrigens tatsächlich ein Vogel wäre, gehörte er ganz sicher zur Gattung der Strahlenparadiesvögel, die gleichzeitig sehr beeindruckend und irgendwie putzig wirken. Wenn sie ihren Begattungstanz aufführen, bei dem sie ihre antennenartigen Federn herumschwingen, räumen sie erst sorgfältig den Platz auf, den sie als Tanzfläche vorgesehen haben. Es gibt eine interessante Dokumentation über diese Vögel von Sir David Attenborough, an die ich häufiger denken muss, wenn ich sehe, wie manche Männer sich in Gegenwart von Frauen aufführen. Herr Bashi ist der Meinung, dass ich für eine Frau außergewöhnlich fleißig bin, aber es irritiert ihn schon irgendwie, dass ich die Milchkartons ins Regal stemme. Sollten das nicht Männer machen? Starke Kerle, wie er?

„Komm, gib mir das mal!"

„Lass mich das mal schieben!"

„Bei mir brauchen Frauen keine schweren Kartons schleppen."

„Herr Bashi, ich arbeite hier!"

„Trinkst du keinen Alkohol?", fragt Herr Bashi, als ich die Anfrage einer Kundin nach Federweißer nicht beantworten kann und sie an ihn weiterleite.

„Nein."

„Ich auch nicht."

Trotzdem kennt er natürlich das Sortiment. Es gehört zu seiner Ausbildung. Ich arbeite zu diesem Zeitpunkt gerade einmal ein paar Monate ungelernt im Einzelhandel und interessiere mich nicht für alkoholische Getränke. Er erzählt mir, dass er aus einer Familie kommt, in der das Alkoholverbot sehr ernst genommen wird. Daran schließt sich ein Vortrag über autoritäre Erziehung an, die seiner Meinung nach das einzig Wahre ist. Die Kinder heute seien viel zu verweichlicht, und ihm habe es jedenfalls nicht geschadet, dass seine Eltern ihm ab und an eine geklebt haben. Er sei ihnen sehr dankbar, denn immerhin habe er gelernt, dass man fleißig sein und etwas leisten müsse. (So sehr, dass man anderen andere mit seinem angeblichen Studium in Politikwissenschaften verunsichern muss?) Der Dialog beschäftigt mich den ganzen Tag und ich zerbreche mir schon zum zweiten Mal nach der Arbeit den Kopf über die irritierenden Behauptungen von Herrn Bashi. Ich halte nichts von Erziehung, die nicht ohne Gewalt auskommt. Viele setzten Strenge mit Gewalt gleich. Aber ob sich eine solche Diskussion überhaupt lohnt? Wahrscheinlich nicht. Herr Bashi schwatzt einfach gern. Er kann seine Wellenlängen auf jeden Kunden einstellen. Mit einem italienischen Stammkunden wechselt er ein paar Floskeln auf Italienisch, der zittrigen Omi gegenüber ist er ganz Gentleman, und wenn junge Türken oder Albaner in den Laden kommen, nimmt sein gebügeltes Deutsch für den Moment ihren Akzent an. Vor dem Chef duckt er sich, den Assistenten gegenüber behauptet er sich durch einen gewissen Charme in Kombination mit Tatkraft, und bei mir hält er es für passend, Gespräche über Bildung vom Zaun zu brechen.

„Was hast du denn eigentlich für Pläne? Willst du eine Ausbildung im Einzelhandel machen?", fragt er und ist entsetzt, dass ich weder Karrierepläne hege noch dem Bild einer klassischen deutschen Frau entspreche, das er im Kopf hat.

„Das ist alles nur Tarnung", behauptet er. „In Wirklichkeit willst du die Weltherrschaft an dich reißen."

„Stimmt. Wie konntest du das so schnell herausfinden?"

„Sowas sehe ich." Er zwinkert.

Herr Bashi kriegt einen Riesenärger von der oberen Etage, weil er irgendwelche Bestellungen vergeigt hat. Das kratzt sein Ego nicht an.

„Deine Arbeitseinstellung ist wirklich vorbildlich", behauptet er. „Ich muss dich ja auch mal loben. Es ist wichtig, dass man seine Mitarbeiter lobt."

Ja, da ist was dran. Bald hat er seinen Abschluss und verlässt den Laden, nicht das Schlechteste, was ihm passieren kann. Mach's gut, Herr Bashi. Du bist wirklich ein lustiger Vogel. Lass dich nicht verheizen!

Praktikanten

Jeder weiß, dass Praktikanten als billige oder kostenlose Arbeitskräfte eingesetzt werden. Als ich während meiner Schulzeit ein Praktikum in einer Tischlerei gemacht habe, war das Verhältnis relativ ausgewogen. Ich habe mir die Finger blutig geschmirgelt, aber ich habe auch gelernt, wie man Zargen sägt und einfache Verzierungen an alten Möbeln restauriert. Wenn Praktikanten zu uns kommen, besteht ein ausgewogenes Verhältnis eher zwischen schamlosem Ausnutzen der Arbeitskraft und dem Versuch, Behinderungen durch die ungelernte Person zu vermeiden. Niemand will den Praktikanten in den ersten Tagen in der eigenen Abteilung haben, weil es mehr Arbeit macht, ihm alles zu erklären und ihn zu beaufsichtigen als allein zu arbeiten.

„Geh mal zu Christine, vielleicht braucht sie Hilfe im Backshop."

Oh, nein. In den Backshop wird niemand reingelassen. Statler und Waldorf haben kein Interesse an Praktikanten, die ihnen die Brötchen und Teilchen durcheinanderbringen.

„Frag mal den Knecht aus der Unterwelt. Vielleicht hat der eine Aufgabe für dich."

„Der hat mich ja zu Ihnen geschickt ..."

In der zweiten Woche, jedenfalls wenn der arme Praktikant sich nicht allzu tollpatschig anstellt, wälzt jeder gern die unliebsamen Aufgaben auf ihn ab.

„Hier, das kannst du doch schon."

Aber mit ihm zusammen arbeiten will eigentlich keiner. Alle sind zu beschäftigt, um sich mit Schülern zu unterhalten. Die Praktikanten können einem manchmal leidtun. Viele interessieren sich dafür, wie so ein Laden funktioniert, kriegen aber nur mit, wie Ausbeutung funktioniert. Bei den bürokratischen Akten, der Warenbestellung, der Planung von Inventuren usw. dürfen sie natürlich nicht zusehen, da würden sie nur stören, außerdem weiß ja jeder, dass Praktikanten eh faul sind und keine Lust haben, sich die Finger schmutzig zu machen. Daher wird es ihnen schon ganz gut tun, wenn sie gleich mal lernen, wie die Drecksarbeit geht.

Da niemand für die Betreuung der Praktikanten zuständig ist, müssen sie sich, wenn sie etwas lernen oder in einem Bereich gerne mitarbeiten wollen, allein durchfragen. Manchmal nehme ich mich ihrer an, zeige ihnen, wie sie den Joghurt sortieren müssen und frage nach ihren beruflichen Vorstellungen oder dem Grund ihrer Praktikumswahl. Viele wollen tatsächlich in den Einzelhandel. Für manche ist es schon fünf vor Zwölf, und es ist ihnen egal, sie wollen einfach nur einen Ausbildungsplatz haben. Wieder andere wurden zu ihrem Unglück gezwungen:

„Also ich will eigentlich eh nich arbeiten. Aber meine Betreuerin hat gesagt, dass ich muss. Willste mal ein Foto von mein Junge sehn? Ist jetzt zwei Jahre alt."

Sie denkt darüber nach, die Schule zu schmeißen, damit sie sich ausschließlich um ihr Kind kümmern kann. Der Vater ist verschollen, da braucht der Kleine seine Mutter umso mehr, sagt sie. Aber im Einzelhandel gibt es keinen Welpenschutz, auch wenn du erst siebzehn bist. Das interessiert hier keinen. Ich rate der Praktikantin, ihren Schulabschluss durchzuziehen. Alleine mit Kind ohne Abschluss, nicht die glücklichste Kombination ... Sie findet das nicht so dramatisch.

„Mein Kind ist mein ein und alles. Was anderes brauch ich echt nich."

Sie findet es eklig, dass man den Joghurt aufwischen muss, wenn einem ein Becher heruntergefallen ist. Ich bin etwas ratlos, welche Aufgabe ich ihr geben soll. Wenn sie keine hat, sitzt sie auch schon mal auf einem Hocker mitten im Weg und tippt auf ihrem Smartphone herum.

„Hey, es ist nicht sooo günstig, wenn du dich direkt vor das Joghurtregal setzt, wenn wir hier gerade Joghurt einräumen."

„Ach so, dann setz ich mich mal hier rüber."

Von den anderen spricht niemand sie auf ihre Fehler an. Natürlich wird hinter ihrem Rücken gelästert, was das Zeug hält:

„Wie unfähig die ist. Und faul!"

„Hoffentlich ist die schnell wieder weg!"

„Die wird sich noch wundern, dass das Leben nicht so läuft, wie die sich das denkt."

Über die Auszubildenden wird übrigens nicht besser gesprochen. Junge Mitarbeiter, die die ungeschriebenen Regeln nicht kennen – z. B. dass man sich über Weihnachten nicht für Urlaub einträgt, besonders aber nicht im ersten Jahr – kennen sie nicht oder sie sind noch frech genug, sich darüber hinwegzusetzen.

„Also wenn *die* Weihnachten frei kriegt, dann mache ich Weihnachten auch frei", meint Frau Brink, und ich denke erst, dass das doch ein bisschen übertrieben ist. Immerhin ist die Auszubildende gerade mal siebzehn Jahre alt, vor kurzem erst in die Stadt gezogen und möchte halt über Weihnachten nach Hause zu ihrer Familie. Aber als ich höre, dass Frau Brink seit fünfzehn Jahren über Weihnachten nicht freibekommen hat, frage ich mich schon, ob es noch so etwas wie Gerechtigkeit gibt. Im Einzelhandel wohl nicht. Selbstverständlichkeiten, z. B. dass Kollegen mit Behinderungen oder Krankheiten nicht bis an die Erschöpfungsgrenze belastet werden, gelten hier nicht.

„Wir sind hier kein Wohltätigkeitsverein. Das muss man einfach wissen, wenn man in diesem Bereich arbeiten will. Da zählt Leistung."

Aber jetzt bin ich schon bei den tragischen Seiten angelangt, die meines Erachtens eine eigene Abhandlung verdienen und diese Betrachtungen nicht zu sehr beschatten sollen …

Filmreif

Es gibt manchmal so Tage, an denen man sich fragt, wer das Drehbuch geschrieben hat ...

Es stürmt. Gianni und ich balancieren mit einem überdimensionierten Frühstücksmesser auf den spiralförmigen Fahrradständern vor dem Laden und fluchen. Ja, das machen wir häufiger mal, allerdings sind die Witterungsbedingungen nicht immer so unleidlich. Die Angebotsplakate, die vor dem Laden angebracht sind, müssen ausgetauscht werden. Sie werden durch Clipleisten gehalten, und es ist ohne weiteres möglich, die untere mit dem Messer aufzustemmen; an die obere kommt selbst Gianni, der größer ist als ich, nicht dran, ohne auf dem wackligen Fahrradständer herumzukippeln. Während ich die neuen Plakate davor bewahre, sich dem Wind zu ergeben, schlägt Gianni das soeben aus der Halterung befreite Papier ins Gesicht. Er verliert das Gleichgewicht, landet aber glimpflich. Nun kippeln wir beide auf dem Fahrradständer herum. Jeder Arbeitssicherheitsbeauftragte hätte seine Freude an diesem Bild. Ich versuche das Plakat glatt gegen die Wand zu pressen, dem Sturm trotzend, während Gianni sich alle Finger bricht bei dem Versuch, die Clipleisten wieder zurückschnappen zu lassen. Es gelingt nur, wenn man oben und unten zugleich anpackt. Wir drücken jeweils mit einer Hand das Plakat an die Wand und versuchen mit der anderen die Leiste umzuklappen. Wir sind Helden. Eine Seite ist fest. Nachdem wir alle Leisten umgeklappt haben, sehen wir, dass das Plakat schief hängt und Wellen schlägt. Nun ja. Schönheit taugt nicht in jeder Situation als das höchste Ideal. Die anderen Plakate haben sich inzwischen davongemacht, werden aber netterweise von den Einkaufswagen aufgehalten. Nur noch drei weitere Plakate! Wer seine Fenster auf der gegenüberliegenden Straßenseite hat, braucht keinen Fernseher.

Wenn ich mit „Hallo, Brühe!" angesprochen werde, muss ich schon ein bisschen schmunzeln. Auch wenn mir jemand aus heiterem Himmel mitteilt:

„So, jetzt brauch ich noch ne Wurst."

„Was für eine Wurst suchen Sie denn?"

„Na ja, Bregenwurst."

Ja natürlich, was sonst? Aber auf der Liste der bizarrsten Anfragen steht für mich nach wie vor und für alle Ewigkeit diese an oberster Stelle:

„Hallo! Wenn ich in einer Stunde wiederkomme, haben Sie dann 30-40 Schweineschnitzel?"

Die Frage ging an Christine, während ich gerade Eierkartons ins Regal sortierte, was bei unserem neuen Eierregal immer etwas nervenaufreibend ist und gute Stapelkünste erfordert. Für einen außenstehenden Betrachter muss sich ein sonderbares Bild ergeben: links die Eierjongleurin, rechts, zwischen Backshop und Angebotstruhe hin- und her huschend, die gestresste Christine und mittendrin mit einem zum Bersten gefüllten Einkaufskorb ein lustig aussehender Kerl im Unterhemd, der sich nur eben einmal erkundigen wollte, ob wir innerhalb einer Stunde dreißig bis vierzig Schweineschnitzel auftun können.

„Also da müssen Sie schon mindestens einen Tag vorher vorbestellen", ruft meine mit Broten beladene Kollegin ihm im Vorbeigehen zu. Der Unterhemd-Mann bewegt sich nicht von der Stelle und kratzt sich verlegen am Kopf. Als Christine ohne Brote wieder zurückkommt, wirft sie einen flüchtigen Blick auf den Kunden und seinen überquellenden Einkaufswagen.

„Dreißig bis vierzig Schweineschnitzel?", wiederholt sie halb in Gedanken. „Na ja, die können Sie doch gar nicht alle essen."

„Die sind ja nicht alle für mich."

(Nicht? Das überrascht mich. Übrigens, das war sowieso nur ein Scherz. Wir haben hinten im Hof ein Schwein, da können wir in einer Stunde locker die paar Schnitzel organisieren. Paniert sind die dann aber noch nicht …)

„Ja, das wäre auch ein bisschen viel für Sie allein."

„Ja."

Welch poetische Bereicherung für die Geschichte der Gattung Supermarktkonversationen. Falls ich je über die Mittel dazu verfügen sollte, werde ich ein mehrbändiges *Handbuch der modernen Supermarktkonversationen* inklusive Beispiel-Interpretationen herausgeben. Die Bühne muss ich nun aber vorerst wieder verlassen, da alle Eierpackungen säuberlich gestapelt sind.

***Aus dem Handbuch der modernen Supermarktkonversationen, Band 3, Beispielsammlung*:**

– „Is da unten noch einer?"

– „Ne, ich hab grad schon den hier raufgeholt."

– „Ja, dann mach ich hier mal so."

– „Kannste ruhig. Ach so, du meinst ein voller?"

– „Ja, na logisch."

– „Ach, ja, da is noch aller möglicher Kram."

– „Ah, dann geh ich gleich mal runter und hole noch einen."

– „Ja. Jetzt wusste ich grad gar nicht, worüber wir geredet haben."

Kennen Sie den Film *Ein ganz verrückter Freitag* von 1976 mit Jodie Foster? Die dreizehnjährige Anabel steckt im Körper ihrer Mutter und muss deren Alltag bewältigen, was sich als wesentlich unerfreulicher herausstellt, als sie es sich vorgestellt hatte. Während die Mutter im Körper der Tochter einen Schultag inklusive Hockey-Match und Wassersportschau zu überstehen versucht, wird Anabel zu Hause vom Chaos erschlagen: An der Hintertür klingelt ein Techniker von der Autowerkstatt und will für die Reparatur des Wagens vierzehn Dollar fünfzig. Anabel sucht gerade nach Bargeld, da klingeln am anderen Eingang die Teppichreiniger und kurz darauf die Nachbarin, die dringend ihre Trockenhaube zurück braucht. Schließlich kommen noch die Vorhänge aus der Reinigung, und Anabel weiß längst selbst nicht mehr, ob sie gerade nach dem Geld, der Trockenhaube oder nach einer Zange für die Handwerker sucht. Zu allem Überfluss wuselt die schimpfende Putzfrau zwischen allen herum.

Wenn Sie diese Szene vor Augen haben, wissen Sie in etwa, wie es an einem gewöhnlichen Samstagabend im Supermarkt zugeht. Ich will nur eben kurz einen Rollwagen für Kartons holen, und auf dem Weg wirft mir jemand eine Packung Kartoffelsalat vor die Füße. Kaum ist der Schaden beseitigt und ich will mich wieder auf die Mission Papprolli begeben, fährt mich ein aufgebrachter Kunde an:

„Der Pfandautomat hat meinen Bon nicht ausgedruckt und nimmt keine Flaschen mehr an!"

Auf dem Weg zum Automaten sehe ich aus dem Augenwinkel einen Becher Latte Macchiato zerborsten im Getränkegang liegen. „Später aufwischen", vermerke ich in meinem geistigen Notizbuch. Nachdem ich den Automaten, der (wohl zu Recht) täglich dezent darauf hinweist, dass er sich sein Altenteil anders vorgestellt hat, mit freundlichem Zureden und ein paar Mal Öffnen und wieder Schließen noch einmal besänftigen konnte, treffe ich unverhofft auf eine Chefsperson:

„Planänderung! Da sind noch Tiefkühlwaren im Keller, die müssen jetzt gepackt werden. Aber zügig, die Sachen sind nicht im Kühlcontainer, bitte nicht lange stehen lassen!"

Eine hervorragende Kombination mit der Anfrage, die aus den Lautsprechern dröhnt, sobald ich mit der Ware auf dem Weg zum Tiefkühlregal bin: „Zweite Kasse bitte!" Zweite Kasse, bin das etwa ich? Also Tiefkühlware wieder nach unten ins Kühlhaus bringen, vorbei an den Menschenmassen:

„Ja, ich mache die zweite Kasse gleich auf", vorbei am zerschellten Kaffeebecher, runter ins Lager – leider nicht möglich. Jemand hat eine Getränkepalette im Lastenaufzug geparkt. Sollte die nun nach oben oder nach unten? Und wo ist der Hubwagen? Keine Ahnung. Wohin mit der Tiefkühlware? „ZWEITE KASSE, BITTE!!!" Na gut. Erst einmal zur Kasse. Da klirrt es.

„Entschuldigung, hier sind zwei Flaschen Bier aus dem Sixpack gefallen."

Von ganz alleine rausgefallen ... Während ich die Scherben einsammle, ruft die Kollegin zum dritten Mal nach der Kasse. Ich lasse das Chaos liegen und hoffe, dass sich jemand des Schlamassels annimmt, während ich an der Kasse sitze. Pustekuchen natürlich. Als ich nach fünfzehn Minuten zurückkomme, ist der Fahrstuhl zwar frei, und ich kann den Tiefkühl-Rolli ins Lager bringen, aber die Scherben waren geduldig genug, zwischen Bier und Kaffee auf mich zu warten. Übrigens sollte man nicht denken, dass Menschen mit ihren Einkaufswagen einen Bogen um solche Pfützen machen. Kaffee, Bier, Wein, Joghurt, ganz egal, immer durchfahren und gleichmäßig im Laden verteilen.

Vielen Dank!

Überhaupt scheint vielen ein gewisses Gespür dafür zu fehlen, wie man sich in Anbetracht von Flüssigkeiten, die sich über den Gang ausbreiten, verhält. Es gibt bei uns seit kurzem diese Milchtüten, unhandliche Plastikschläuche, wie sie hier zu Zeiten der Ölkrise üblich waren und wie man sie auch in Kanada bekommt. Zwei davon stürzen aus dem Regal, und sofort entsteht ein schöner weißer See. Ich versuche dessen Ausbreitung zu hemmen, indem ich überall Küchenpapier verteile. Ein Kunde fragt mich:

„Wo kann ich denn hier meine Batterien abgeben?"

Ich weiß es nicht.

„Bei mir gerade nicht", sage ich abwesend.

Die Milch hat die Tendenz, unter das Regal zu kriechen. Ich habe etwas dagegen und gehe mit noch mehr Küchenpapier dagegen an. Natürlich tropfe ich alles nass, als ich die vollgesogenen Papiere zum Müllcontainer bringen will.

„Ist das Milch?", fragt Susanne im Vorbeigehen. Maria, die Auszubildende, will mit ihrem Rolli durch den Gang. Nicht, dass sie auf die Idee käme, mit anzufassen. Die Menschheit lässt sich meiner Erfahrung nach ganz schlicht in drei Gruppen einteilen. Die, die mit anfassen, wenn irgendwo etwas ausläuft, die, die vorbeigehen, und dann gibt es noch die dritte Gruppe derjenigen, die dabeistehen und zugucken. Geduldig schaut Maria sich an, wie der Milchsee trockengelegt wird, wartet, bis ich den Wischer geholt und die restlichen Spuren beseitigt habe. Dann schiebt sie den Rolli über den nassen Gang und verschwindet im Lager.

Dass Sahne rutschig ist, hatte ich schon zu einem früheren Zeitpunkt festgestellt. Bei Milch war mir das nicht so bewusst. Aber hier kann ich nun endlich einmal ganz offiziell das Ergebnis eines bahnbrechenden Experimentes bekanntgeben:

Auch Milch verursacht einen rutschigen Film auf Fliesen, und man muss mehrmals mit dem Wischer herumlaufen und alles gut trocken wischen, damit niemand auf die Idee kommt, darauf auszurutschen und denjenigen verantwortlich zu machen, der da so fahrlässig-mangelhaft gewischt hat.

Es ist übrigens seltsam: An manchen Tagen geht gar nichts zu Bruch, aber wenn man einmal angefangen hat, sind zwei Tüten Milch gar nichts. Hinzu kommen drei Becher Milchreis, eine Palette Rote Grütze, eine ungezählte Menge Quarkbecher und eine Packung Puddis Pudding, der angeblich wie Muddis Pudding schmeckt.

Ich packe gerade hinten im Laden Kuchen und Kekse ins Regal und frage mich mal wieder, ob *Morbidi Amici* ein geeigneter Name für Gebäck ist, da steht plötzlich eine Kundin neben mir und teilt mir mit:

„Ich habe Haribo-Tüten in meiner Tasche."

„Ja, und? Wollen Sie mir welche anbieten?", denke ich, während sie in den Tiefen ihrer Tasche kramt.

„Die habe ich von zu Hause mitgebracht."

Hat man nicht früher seine Taschen an der Kasse abgegeben, wenn man Waren dabei hatte, die es auch im Laden zu kaufen gibt? Mal ehrlich! Was soll ein Mitarbeiter hinten im Laden denn sagen, wenn jemand plötzlich seine Taschen vor ihm ausleert, um zu beweisen, dass er kein Gummibärchen-Dieb ist. Gummibärchen klauen ist sowieso von gestern. Wer heute als Dieb etwas auf sich hält, nimmt sich eine Packung Brot oder ein Vollkornbrötchen aus dem Backshop, sucht sich einen geeigneten Brotaufstrich – nicht irgendeinen, den teuersten, den er finden kann, eine edle Pistaziencreme zum Beispiel – und schöpft dann mit dem Brötchen den Aufstrich aus dem Behälter. Es ist wichtig, dabei einige Krümel und Körner im Glas zu hinterlassen. Ehrlich, wie machen die das? Ich stelle mir vor, ich gehe in einen Laden und nehme ein Brötchen – gut, das mag noch unauffällig möglich sein. Aber dann: ein Schraubglas öffnen und in Ruhe ein Brötchen mit Pistaziencreme essen? Die Nerven hätte ich nicht, echt nicht. Ist es nicht viel unauffälliger, das ganze Glas mitzunehmen, sich irgendwo in einen Park zu setzen und in Ruhe zu essen, ohne Angst vor Detektiven oder Kameras haben zu müssen? Eigentlich ärgert es mich immer besonders, dass diese angefangenen Packungen dann entsorgt werden müssen. Heringssalat, Edel-Nougat-Creme und kürzlich eine gut zur Hälfte geleerte Packung Margarine. So viel Margarine kann man doch auf einem Brötchen gar nicht unterbringen.

Wenn jemand von Ihnen ein Aufstrich-Dieb ist, bitte her mit den Erklärungen! Warum? Und wie schaffen Sie es bloß, niemals erwischt zu werden?

Plaudertaschen

„Wieso haben Sie keine Stachelbeermarmelade? Ich war kürzlich auf Usedom im Urlaub, mit meiner Schwiegertochter und meiner Enkelin, und da gab es einen Tante-Emma-Laden, da haben wir Stachelbeermarmelade gekauft. Die hat meiner Schwiegertochter so gut geschmeckt. Wir sind da jeden Morgen zum Bäcker gegangen. Also, wissen Sie, da ist der Bäcker direkt im Laden mit drin. Sie können da auch Zeitschriften und Briefmarken kaufen. Aber, was sag ich … Meine Schwiegertochter kommt am Wochenende zu Besuch, und sie hat gesagt, dass sie so gerne diese Stachelbeermarmelade isst. Jetzt gucke ich bei Ihnen, und da haben Sie gar keine Stachelbeermarmelade, das ist aber wirklich schade. Denn meine Schwiegertochter isst die doch so gerne, und mir schmeckt die auch gut. Die Kleine mag sowas ja nicht, für die muss es immer Nutella sein, immer nur Nutella. Stellen Sie sich vor: Immer wenn sie zu Oma kommt, isst sie gerne Nutellabrot – oder -brötchen. Zu Hause darf sie sowas nicht, aber bei Oma kann man schon mal eine Ausnahme machen, nicht? – Aber Stachelbeermarmelade haben Sie ja nicht."

„Nein, haben wir leider nicht im Sortiment."

„Aber warum denn eigentlich nicht? Es gibt doch nicht nur Erdbeeren und Himbeeren. Das müssen die Leute doch auch mal wissen, dass es nicht nur die paar Sorten Marmelade gibt. Da hatte ja der Tante-Emma-Laden auf Usedom mehr Auswahl an Marmeladensorten als Sie hier! Was soll ich denn jetzt meiner Schwiegertochter anbieten?"

Leider ist wohl so manche Schwiegertochter aufgrund der mangelhaften Marmeladensortenauswahl im nächstgelegenen Supermarkt schon verhungert. Dieser tragischen Entwicklung Rechnung tragen zu können, will ich mir gar nicht anmaßen, aber vielleicht ist eine Gedenkminute angebracht.

Etwa zweimal die Woche, ungefähr um acht Uhr, kommt die Bircher-Müsli-Oma, die mir sympathisch ist, weil sie sich offenbar ähnlich wie ich keine Gesichter merken kann und mich jedes Mal wie zum ersten Mal bittet, ihr einen Bircher-Müsli-Joghurt von unten heraufzugeben, weil sie sich so schlecht bücken kann. Wenn ich ehrlich bin, erkenne ich sie auch nur an dieser Frage wieder und an der Erleichterung, die sich auf ihrem Gesicht zeigt und den Ausdruck der verwirrten Sorge verscheucht, sobald diese Hürde genommen ist. Eine andere ältere Dame trägt quietschende rote Schuhe, vielleicht aus Gummi, mit denen sie durch den Laden schleicht. Quietsch, quietsch. Und dann gibt es noch ein Paar, das man garantiert immer wiedererkennt: ein älterer und ein jüngerer Herr, die sich die gesamte Zeit ihres Einkaufs laut darüber streiten, welche Produkte es überhaupt wert sind, gekauft zu werden.

„Nee, komm, dieser Kartoffelsalat ist doch das Fadeste, was ich je auf'm Teller hatte. Damit kannste mich jagen. Haste doch selber gesagt, dat dat nix is."

„Ja, aber irgendwas müssen wir doch jetzt nehmen."

„Komm, dann pack ein. Pack ein, Hauptsache, dann is aber auch Ruhe. Ich will hier nich den ganzen Tach einkaufen."

Gerne binden sie auch uns in diese Art von Gesprächen ein. Umständlich quetschen sie sich an einem Mitarbeiter vorbei, während dieser gerade irgendwelche Paletten balanciert. Sie lassen ihm gar keine andere Möglichkeit, als die Arbeit zu unterbrechen. Dann sagen sie großzügig:

„Nee, nee, bitteschön, machen Sie mal erst in Ruhe zu Ende. Man soll sich bei der Arbeit ja auch nicht hetzen lassen."

Wenn sich eine solche Gelegenheit nicht ergibt, tut es auch ein einfaches:

„Sie sind auch froh, wenn Sie Feierabend haben, nech?"

Der perfekte Einstieg in ein Gespräch, das ich, wenn es sich einrichten lässt, auch gern vermeide.

Dann gibt es diese wirklich sympathische ältere Dame, der man gern einen Joghurt aus dem Regal sucht und ihr sämtliche Zutaten und das Mindesthaltbarkeitsdatum mehrmals vorliest. Aber wenn sie anfängt zu plaudern, wird man sie sehr schwer wieder los. Wie es von der Haltbarkeit des Joghurts dazu kommen konnte, dass sie schließlich den Saum meiner Dienstkleidung zwischen den Fingern zwirbelt und mir erklärt, wie man einen solchen Saum nähen würde, wenn man ihn denn heutzutage noch mit der Hand – das heißt, mit der eigenen Nähmaschine – nähen würde, weiß ich nicht genau. Und auch nicht, wie es mir schließlich gelungen ist, ihr zu erklären, dass ich doch jetzt weiter arbeiten müsste. Ich muss zugeben, dass – so sympathisch manche Menschen auch sind – ich manchmal dann doch sehr eilig in einem anderen Gang zu tun habe, wenn ich sie den Laden betreten sehe.

Menschen, die mit Plauderbedarf kommen, gibt es wirklich einige, und im Grunde ist das auch kein Problem, wenn sie ein Maß kennen und man nebenbei weiter packen kann. Aber es gibt auch immer solche, die es schaffen, sich so in den Weg zu stellen, dass man einfach nicht mehr an den Rolli kommt, oder die plötzlich beginnen, ihre vollständige Krankengeschichte von Anbeginn bis zur geplanten Langzeittherapie detailliert zu erzählen. Vom Schnupfen bis hin zu den bösartigsten Krankheiten, von denen man wünscht, nicht einmal gehört zu haben. So ein Gespräch dann abrupt zu unterbrechen, weil man Milchbrötchen ins Regal räumen will, kann schon mal sehr kaltherzig rüberkommen. Aber ganz ehrlich, wenn man während der Arbeit von Wildfremden, die nicht aufhören zu reden, mit solchen Schicksalen konfrontiert wird, kann man sich manchmal gar nicht angemessen verhalten.

Natürlich gibt es auch harmlosere Plaudereien:

„So, die nächsten sechs Wochen sehen Sie mich hier nicht."

Ich habe Sie auch vorher noch nie gesehen, kann mich jedenfalls nicht erinnern, aber vielleicht sage ich das lieber nicht.

„Ich bin nämlich auf Mallorca. Wissen Sie, dass ich jedes Jahr einmal nach Mallorca fliege?"

„Nein, das wusste ich nicht."

„Ja, das mache ich. Und früher noch mit meiner Frau. Und das schon seit vierzig, ach was, fünfzig Jahren. Ich bin nämlich dreiundneunzig."

Ich gebe zu, dass ich beeindruckt bin und dann auch kurz an der Altersangabe zweifle. Wie dreiundneunzig sieht dieser Mann wirklich nicht aus. Ich frage mich, warum ich eher gewillt bin, mir von einem Dreiundneunzigjährigen seine Mallorca-Geschichte erzählen zu lassen als von einem Fünfundsechzigjährigen. „Jeder ist so alt, wie er sich fühlt", würde Susanne sagen. Aber wenn ich das jetzt anbringe, würde es doch recht albern klingen, oder nicht? Ich lasse es nicht drauf ankommen und wünsche stattdessen eine gute Reise.

Anspruchsdenken

Wenn ich ehrlich bin, finde ich den überzogenen Servicegedanke vieler Kunden ziemlich übertrieben. War das schon immer so? Oder gab es früher wirklich diese wohlerzogenen, bescheiden und zurückhaltend auftretenden Gestalten, wie man sie aus den Filmen der 50er und 60er Jahre kennt?

Für viele Menschen ist es ein Skandal, wenn einmal irgendeine Sorte Mineralwasser nicht verfügbar ist. Geht wirklich die Welt unter, wenn man dann dieses eine Mal eine andere Sorte kauft? Manche Menschen denken, dass sie einen unverbrüchlichen Anspruch darauf haben, dass ihr persönlicher Wille erfüllt wird, und dass sie jedes Recht haben, sich ausführlich zu beschweren, wenn dies einmal nicht der Fall ist. Dann haben sich gefälligst alle unverzüglich für ihr Anliegen einzusetzen. Tatsächlich hat niemand einen solchen Anspruch, und es bezahlt auch niemand dafür, dass immer jedes Produkt vorrätig ist.

Vor allem der Anspruch auf persönlichen Service nimmt gelegentlich bizarre Ausmaße an. Ich komme gerade aus dem Lager nach oben in den Laden, da drückt mir ein Kunde zwei nasse Plastiktüten in die Hand, in denen er seine Pfandflaschen mitgebracht hatte.

„Hier, werfen Sie das mal in den Müll", weist er mich an, und ich überlege, ob ich ihn darüber aufklären soll, dass die Mitarbeiter in einem Supermarkt keine Dienstboten sind. Würden Sie das in einer Bank oder Versicherung auch machen? Ihrem Berater das Papier vom Müsliriegel oder die leere Brötchentüte aus Ihrer Mittagspause in die Hand drücken mit den Worten: „Werfen Sie das mal weg!"? Ich käme im Leben nicht auf die Idee, einem Fremden während seiner Arbeit meinen Müll in die Hand zu drücken, ganz gleich an welchem Ort.

Es gibt einen Auftritt des norwegischen Komiker-Duos Ylvis[8], in dem die beiden als Studenten der Fachrichtung „Informative musical direction with media encryption production" auftreten und als besondere Kunstform das Infusical erläutern und vorführen.

‚Infusical' ist ein sogenanntes Kofferwort, eine Verschmelzung der Wörter ‚Information' und ‚Musical'. Wichtige Informationen werden in Form eines Musicals präsentiert und sind damit zugleich lehrreich und schön anzuhören.

---

[8] International bekannt geworden sind die Brüder Vegard und Bård Ylvisåker durch ihren Hit *The Fox*.

Das Ganze führen die beiden dem Publikum dann anhand eines Infusicals über Sicherheitsvorschriften für Bootsfahrten vor, das vom Informationsservice der norwegischen Regierung in Auftrag gegeben wurde: *Bleib auf dem Schiff, wenn es sinkt, und ruf um Hilfe!*

Vegard, Bård! Wenn Ihr zufällig dieses Buch lest: Ich würde gerne ein Infusical über Verhaltensregeln für Kunden gegenüber dem Personal in Supermärkten in Auftrag geben.

Curiouser and curiouser

Manche Erlebnisse sind ziemlich creepy. Plötzlich steht eine Frau mit verstörtem Blick vor mir. In der Hand hält sie ein blutiges Taschentuch.

„Haben Sie hier eine Toilette?"

Eigentlich dürfen Kunden unsere Toiletten nicht benutzen, aber dies schien mir auf die eine oder andere Weise ein Notfall zu sein.

„Haben Sie auch Tampons? Also ich weiß gar nicht, ob ich jetzt einen dabeihabe."

Meint sie das jetzt ernst? Aber gut, für den Fall, dass es ein Scherz ist oder ein abstruser Vorwand, mich in den Keller zu locken, um mich dort zu erstechen, kann ich mir immer noch Gedanken über die Folgen machen – oder eben nicht.

„Die werden sich sicherlich auftreiben lassen in einem Supermarkt", sage ich. Ohne weitere Informationen verschwindet sie in der Damentoilette.

„Lassen Sie es mich wissen, wenn Sie etwas brauchen!"

„Ich schaue erst einmal in meiner Handtasche", ruft sie durch die Tür. Dann minutenlang Stille, nur das Rascheln von Toilettenpapier. Warum braucht sie so lange, um ihre Tasche zu durchsuchen? Wie zum Henker kam es dazu, dass sie mit einem blutigen Taschentuch durch den Laden stürmte? Ist sie nicht ganz beisammen? Hatte sie einen Unfall? Oder ist sie doch eine irre Mörderin? Die Anspannung wird nicht gerade geringer, je länger die mysteriöse Frau in der Damentoilette verbringt und mit Toilettenpapier raschelt. Das wäre vielleicht ein Fall für ein Drehbuch von David Lynch. Das ist kein Scherz, diese skurrile Frau erinnert mich an den „Mann von einem anderen Ort" aus *Twin Peaks*. Wird sie gleich wieder herauskommen und mir mit verzerrter Stimme irgendeine kryptische Nachricht zukommen lassen, bei der ich schon Herzrasen bekomme, wenn ich nur daran denke? Dann wache ich wahrscheinlich auf, greife zum Telefon, das ich dann natürlich wie jeder anständige Detektiv auf dem Nachttisch neben mir liegen habe, rufe um vier Uhr morgens meinen Partner in Sachen Ermittlungen an und sage ihm, dass ich jetzt alles wisse. Wir müssen uns sofort treffen …

Nach einer gefühlten Ewigkeit öffnet sich die Tür und die unheimliche Kundin kommt wieder zum Vorschein, lässt sich ohne jegliche Erklärung und ohne ein Wort nach oben geleiten und verschwindet schließlich im Laden. Vielleicht hätte ich diesen Vorfall unter „Na ja, manche Menschen geraten eben manchmal in unpässliche Situationen und man tut ihnen wohl den größten Gefallen, wenn man nicht weiter darüber nachdenkt" abgelegt, wenn nicht kurz darauf eben diese Kundin in aller Seelenruhe durch den Laden geschlendert wäre und einen anderen Kollegen nach einem Pfannenwender gefragt hätte. Wer würde nach einem blutigen Malheur nicht auch erst noch einmal ausführlich das Sortiment des Ladens abklappern? Eine knappe Stunde später tappt sie immer noch zwischen den Regalen herum und hat inzwischen weitere Kollegen nach Bittermandelaroma und hartgekochten Eiern gefragt. Ihre Anwesenheit hat wirklich etwas Absurdes, Unheimliches, und ich glaube, wir sind alle ganz froh, als sie schließlich verschwunden ist. Vielleicht in ihrem Raumschiff, das sie im Hof geparkt hat. Ehrlich gesagt würde ich diesen Gedanken beruhigend finden.

Wenn es einen Planeten geben sollte, auf dem alle Menschen auf diese Weise einkaufen, wäre das eine Reise wert. Georg Schwedt, der Autor der Erfolgsbände *Experimente mit Supermarktprodukten. Eine chemische Warenkunde* und *Noch mehr Experimente mit Supermarktprodukten*, könnte dann zum Beispiel einen weiteren Band: *Chemische Experimente mit kakrafoonianischen*[9] *Supermarktprodukten* herausgeben.

Einem Gerücht zufolge kommunizieren die auf dem Planeten Kakrafoon lebenden Wesen per Telepathie. Und damit nicht all ihre geheimen Gedanken für alle offen zugänglich sind, verbergen sie sie, indem sie sie nicht denken. Daher beschäftigen sie sich die meiste Zeit mit Tätigkeiten, bei denen die Hirnaktivität auf ein Minimum reduziert ist, und feiern permanent Partys mit überlauter Musik. Ich möchte wissen, was für Musik aus den Lautsprechern ihrer Supermärkte schallt. Vielleicht sollte ich für den Fall, dass wir Erdenbewohner je einmal in Kontakt mit den Kakrafooniern treten sollten, einen Mitschnitt aus dem Programm unseres Supermarktradios als Gastgeschenk zurückgelegen.

Gravitation

An einem wunderschönen Frühlingstag war die Putzfrau krank, und da ich zu dieser Zeit noch zu den geringfügig Beschäftigten gehörte und eingesetzt werden konnte, wo Not am Mann war, bekam ich die ehrenvolle Aufgabe, mit einer Putzmaschi-

---

[9] Kakrafoon ist ein Planet aus Douglas Adams' *Per Anhalter durch die Galaxis*.

ne, die in den siebziger Jahren schon Altersteilzeit eingereicht hatte, den Laden zu reinigen. Kurz zuvor hatte ich ein Mitarbeitergespräch, in dem der Chef mir mitteilte, dass er recht zufrieden mit meiner Arbeit sei und mir in Bälde eine halbe Stelle anbieten könne. Das war, zumindest in Bezug auf meine finanzielle Lage, ein Anlass zur Freude, und in meinem Putzeifer habe ich diese wunderbar schwergängige Maschine dann erst einmal direkt hinter dem Chef, der gerade dabei war, Spirituosen nachzufüllen (im Regal versteht sich), in einer Leiste verkeilt. Das Wasser strömte weiter aus der Maschine und der Drehschrubber sorgte dafür, dass es im Gang verteilt wurde. Bis ich begriff, dass ich dieses Geschehen durch Knopfdruck unterbinden konnte, hatte ich schon eine beachtliche Pfütze zu Füßen meines Vorgesetzten entstehen lassen. Ich denke, ich habe mich seines Lobes damit auf eine sehr anständige Art würdig erweisen.

Später am Abend gab es weitere Pfützen. Ein Kunde, der es offenbar eilig hatte, ließ gleich zwei Rotweinflaschen direkt im Eingang fallen. Wen ruft man da? Die Putzfrau, wenn sie schon einmal da ist. Ich muss zugeben, dass die Farbe sehr schön aussah und geheimnisvoll im Abendlicht schimmerte. Aber mein Vorschlag, das Ganze so zu lassen, fand keine Zustimmung.

Wie schon aus der einen oder anderen Episode deutlich geworden ist, wird in einem Supermarkt naturgemäß viel fallengelassen. Manchmal muss man eben austesten, ob die Schwerkraft wirklich noch gilt. Für rote Smoothies, Buttermilch oder eingelegte Rollmöpse könnten doch plötzlich andere Regeln gelten. – Nein, alles beim Alten. Beliebt sind auch Schaschlikoße und Öl. Nicht schön.

„Lassen Sie beim nächsten Mal bitte lieber Weichspüler fallen", höre ich die Stimme des Chefs, der natürlich immer genau dann vorbeikommt, wenn man gerade einmal wieder am Wischen ist.

Ich habe selbst einmal beim Einkaufen in einem anderen Laden beim Herausnehmen einer Müsli-Packung gleich drei Gläser Marmelade mit aus dem Regal gerissen. Fragen Sie nicht, wie das möglich war. Ich weiß es selbst nicht, kann jetzt aber Folgendes mit einigem Wahrheitsanspruch behaupten: Scherben verteilen sich in alle Himmelsrichtungen, während Marmelade selbst weniger reiselustig ist.

Es ist nicht schön, und irgendeine arme Sau muss es aufwischen und sich die Finger schmutzig machen. Aber ich finde es wesentlich netter, wenn ein Kunde wenigstens Bescheid gibt, wo einen ein Haufen Scherben inklusive Ketchup-Explosion erwartet, anstatt das Chaos einfach liegenzulassen, damit noch die einen oder anderen ausreichend Gelegenheit haben, mit dem Einkaufswagen hindurchzufahren. Viele ziehen es allerdings vor, sich schnell vom Unfallort zu entfernen und zu hoffen, dass niemand etwas gesehen hat. Manche stellen die zerbrochenen Sachen sogar wieder zurück ins

Regal, bevorzugt ganz nach hinten. Kürzlich habe ich einen zersplitterten 500-Gramm-Becher Fruchtquark in den Untiefen des Kühlregals gefunden, abgestellt auf den Milchreisbechern. Vielleicht hätte man mit dieser Installation den Direktor eines Museums für avantgardistische Kunst begeistern können. *Die Pfirsichquarkannexion auf dem Milchreisboard.* Herzlichen Glückwunsch zum gelungenen Übergriff! Aber es wäre deutlich angenehmer gewesen, diesen Becher einfach sofort zu entsorgen, als ihn ganz hinten im Regal zu parken und ihm eine Nacht Zeit zu geben, sich auszubreiten. *Wiesu tun sie bluß su?*

„Du sollst das Zeug trinken, nicht fallenlassen", meint ein Kollege (der inklusive Frisur exakt so aussieht wie der inzwischen erwachsen gewordene Tom aus der Kinderserie *Schloss Einstein*), als ich gerade dabei bin, ein Sixpack Bier vom Boden zu klauben, das ein leicht angetrunkener Kunde nicht sehr zielsicher in, oder sagen wir ruhig *neben* seinem Jutebeutel platziert hat.

„Nee, ich trinke nicht. Man sieht ja, wozu das führt."

Wenn ich den Wischer in der Hand habe, geht alle Welt gleich davon aus, dass ich das Missgeschick auch verursacht habe. Dabei wische ich viel häufiger Zeug auf, das andere Leute haben fallenlassen. Wirklich!

„Ich werfe nur mit Joghurt und Smoothies um mich", behaupte ich. Tom ist nicht herzlos, er bringt Küchenpapier und hilft mir.

„Trinkst du wirklich nichts?"

„Nein."

„Das führt aber statistisch gesehen schneller zum Tod. Ein Glas Wein am Tag verlängert das Leben um 5 Jahre."

„Statistisch gesehen bin ich Alkoholiker. Das kommt dann insgesamt sicher wieder hin, wenn ich auf das tägliche Glas verzichte."

Er versteht nicht so viel Spaß wie ich dachte und rät mir, mich den eindeutigen Ergebnissen der Statistik zu beugen. Er sei vom Fach. Im 6. Semester, Chemie. Angenehm, 9 Semester Philosophie: Ein Leben ohne Statistiken ist möglich. Aber ich schweife wohl ab.

Mark will einen Rolli mit Bierkisten in den Fahrstuhl verfrachten. Ein Zurrgurt verhakt sich an einem anderen Rolli, und die Bierflaschen stürzen sich von der Palette. Eine nach der anderen, oder alle zugleich, wie auch immer: Sie zerschellen am Boden, rollen unter die im Bereich der Warenannahme aufgestellten Wasserpaletten; das Bier ist schneller an der Kellertreppe und eine Etage tiefer, als wir hinterherwischen können. Alle Paletten und

Kisten müssen zur Seite geschoben werden. Nur wohin? Mark flucht und flucht und sucht mit hochrotem Kopf nach dem Hubwagen. Susanne, die gerade Feierabend hat, stapft durch den kleinen See.

„Was macht Ihr denn da? Hier riecht's ja wie in einer Brauerei."

Ja, wir wollten nur mal so –

„Entschuldigung, wo kann ich denn meine Punkte einlösen?"

(Also, hier bei uns in der Brauerei nicht.)

Eigentlich sind wir der Situation recht schnell Herr geworden, aber der Geruch bleibt natürlich noch eine Weile zurück und verleitet so Manchen zu einfallsreichen Kommentaren. Nächstes Mal vielleicht doch lieber Weichspüler.

Der Aufzug

Der Lastenaufzug in unserem Markt verdient ein eigenes Kapitel. Erinnern Sie sich an die Aufzüge in Douglas Adams' *Per Anhalter durch die Galaxis*, die am liebsten in den unterirdischen Geschossen herumhängen und schmollen, weil alle Welt immer nach oben will, sie selbst aber die oberen Stockwerke nicht ausstehen können? Ich verwette meine Hutschnur, dass unser Fahrstuhl ein entfernter Verwandter dieser schlecht gelaunten, eigensinnigen Wesen ist. Allerdings hat er keine

Vorliebe für die untere Etage, eher für Zwischenwelten. Schickt man ihn von oben hinunter, lässt er sich mehr Zeit als man braucht, um sich den Kopf darüber zu zerbrechen, warum man eigentlich immer noch hier arbeitet und nicht in einer Schokoladenfabrik, wo, wie jeder weiß, Flüsse aus Schokolade fließen und der Candy Man einen mit Bonbons beschenkt.

Schickt man den Aufzug dagegen nach oben, legt er in der Mitte einen Zwischenhalt ein, und man muss ihn anschließend durch mehrmaliges Drücken des Knopfes anflehen, den Rest der Strecke auch noch zurückzulegen. Er kann es sich erlauben. Er kommt damit durch. Bei uns wird nichts repariert, bevor es nicht vollends funktionsuntüchtig ist. Einmal half alles Drücken und Bitten nichts, und ich dachte schon, diesmal sei er endgültig irgendwo zwischen Oben und Unten hängengeblieben. Ich fragte Christine, wie sie ihren Kram nach oben bekommen hatte. Und sie meinte, man müsse nur unten ein wenig gegen die Tür treten und dabei immer wieder den Knopf drücken, dann würde er sich wieder in Gang setzen. Tatsächlich funktioniert es auf diese Weise bis heute. Noch hat er also seinen Geist nicht ganz aufgegeben. Und das ist wörtlich gemeint. Dafür, dass dieser Fahrstuhl einen Geist beherbergt, verwette ich auch noch den Rest meines Hutes.

Immerhin hat er schon unsere Putzfrau soweit gebracht, dass sie sich weigerte, allein in den Keller zu gehen. Sie vermisste einen kleinen Korb mit Lappen und Putzutensilien, der gewöhnlich am Putzwagen eingehängt ist. Nirgends aufzufinden. Zweimal schaute sie im Aufzug nach. Auch eine andere Kollegin half bei der Suche und bestätigte, im Fahrstuhl sei nichts, als eine dritte Kollegin dazukam und den Vorschlag machte, doch einmal dort nachzusehen.

„Da haben wir schon dreimal geguckt."

„Dann habt ihr aber nicht richtig geguckt", meinte sie und zog den Korb aus dem Fahrstuhl hervor. Spooky. Aber nun gut, so etwas passiert. Kurze Zeit später habe wieder einmal ich den Putzdienst und schiebe im Keller den Putzwagen in den Fahrstuhl. Als ich ihn oben herausziehen will, steckt einer der Wassereimer gekippt in der Halterung und ergießt seinen Inhalt in den Schacht. Wunderbar, es regnet direkt in die untere Ebene hinab. Endlich einmal alles gründlich gesäubert. Erklären kann ich es mir nicht. Der Wagen berührte an keiner Seite die Wand, und um den schweren Wassereimer aus der Halterung zu kippen, ist schon einiges an Kraft nötig. Gut, denke ich. Man versteht nicht alles, was im Innern so einer Vorrichtung passiert. Ich wische gerade das Gröbste auf, da steht natürlich die Kollegin hinter mir, die erst vor ein paar Tagen den Korb gefunden hatte, der den anderen entgangen war. Sie lacht. Klar, sie denkt sowieso, ich habe zwei linke Hände, weil sie erst kürzlich Zeugin geworden ist, als mir zwei Joghurtpaletten gleichzeitig runtergefallen sind.

Am Tag darauf schiebe ich den Wagen extra vorsichtig in den Fahrstuhl und achte darauf, dass er nichts berührt. Ich schicke ihn los, und als ich oben ankomme, höre ich es schon rauschen und tropfen. Das kann doch nicht wahr sein, denke ich. Und wer kommt gerade in dem Moment wieder vorbei und festigt im Hirn die These, dass Frau Boesch offenbar nicht nur zwei, sondern mindestens drei linke Hände hat? Nie zuvor ist das passiert, erst seit diese Kollegin bei uns ist. Und immer ist sie dabei, wenn das Schlaglicht auf meine linken Hände fällt. Am selben Tag – der Fahrstuhlboden ist noch nass vom ersten Unglück – schiebe ich von der gerade angelieferten Neuware einen Rolli mit Joghurtpaletten in den Aufzug, schicke ihn aber aus irgendeinem Grund nicht sofort nach unten. Ich nehme weiterhin Ware an, als ich plötzlich ein Fluchen höre.

„Wer hat diesen verfluchten Rolli so scheiße in den beschissenen Fahrstuhl gestellt?" Mark ist zwar leicht aus der Fassung zu bringen, aber als ich den Rolli halb umgekippt im Fahrstuhl und die ganzen Joghurtbecher im Wischwasser liegen sehe, finde ich seinen Ausruf ganz angemessen. Die besagte Kollegin kommt just in dem Moment vorbei und hilft uns, alles wieder aufzurichten und die tropfenden Joghurtbecher aufzusammeln. Das kann einfach nicht mit rechten Dingen zugehen. Es gibt doch noch andere Menschen in diesem Laden. Warum passiert das nie bei denen? Und was geht da eigentlich im Innern dieses Fahrstuhls vor sich? Lacht der sich eins, dass ich immer vollkommen deppert dastehe? Die neue Kollegin ist nicht lange in unserem Markt. Seit sie weg ist, habe ich nie wieder Begegnungen dieser Art mit unserem Fahrstuhl gehabt. Hatten die beiden irgendeinen geheimen Bund? Trauert er jetzt über ihren Weggang und ist nicht mehr in der Stimmung für Schabernack? Soll er sich meinetwegen Zeit lassen und Zwischenstopps einlegen, solange er keine Körbe mehr versteckt und keine Wasserbehälter mehr umkippt.

Protokoll einer (nicht ganz) alltäglichen Schicht

Ich komme zu Dienstbeginn in den Mitarbeiterbereich, und die aufgeregte Fistelstimme des Knechts aus der Unterwelt (alias die Drittkraft und Assistenz sowie Vertretung des Chefs bei dessen längerfristiger Abwesenheit) plus ein am Boden zerstörter Kollege am Ende seiner ersten Schicht nach mehrwöchiger Krankheit verleiten mich mal wieder zu dem Gedanken, dass ein Job in einer Schokoladenfabrik wirklich erstrebenswert sein könnte.

„Frau Boesch", kreischt der Knecht aus der Unterwelt. „Sie machen jetzt bitte Folgendes: Sie gehen ins Lager, holen Einkaufstüten für das Regal vor der Kasse. Sie wissen, welches Regal ich meine: das an der Kasse. Dann verteilen Sie die Tüten in die Fächer, holen den Zigarettenrolli aus dem Keller und füllen die leeren Schächte an beiden Kassen auf. Da müsste hauptsächlich Marlboro sein. Das ist wichtig. Dann holen Sie bitte einen Rolli mit Tiefkühl-Resten aus dem Kühlhaus und packen die Reste, und zwischendurch machen Sie zweite Kasse."

Ich wusste es. Zweite Kasse und Tiefkühlreste, die sinnloseste Kombination dieses Universums. Ich bin sicher, dass selbst in den Supermärkten auf Kakrafoon so etwas nicht angeordnet wird. Na gut, eins nach dem anderen. Es ist gut möglich, dass ich schon in zwei Minuten eine ganz andere Aufgabe bekomme. Daher mache ich mich erst einmal auf die Suche nach den Einkaufstüten. Irgendjemand hat das Lager umgeräumt. Ich finde diese Tüten nicht, aber ich komme auch nicht dazu weiterzusuchen.

„Zweite Kasse bitte!", schallt es aus den Lautsprechern. Als ich von der Kasse wieder loskomme, erwischt mich auf dem Weg ins Lager Plapperhans. Er ist so unerträglich plauderhaft, dass ein Kaffeekränzchen mit siebenundzwanzig mitteilungsbedürftigen Damen und Herren dagegen das reinste Schweigen wäre.

„Wissen Sie was? Am letzten Freitagabend, da habe ich hier eingekauft, da war so ein netter Kollege an der Kasse, aber er hat mir keinen Bon gegeben. Kann man da irgendwie noch drankommen?"

„Nein, leider nicht", sage ich und verstecke mich vorsorglich hinter einem leeren Rolli, mit einem Bein schon auf der Kellertreppe. Nicht, dass ihn das beeindruckt.

„Es ist ja so, wenn man abends nach Hause kommt, dann will man ja in aller Ruhe nochmal überprüfen, was man da alles eingekauft hat, und da ist es schon besser, wenn man einen Kassenbon hat. Ich sag ja nur, können Sie ja nichts für. Aber das sollte man mal einführen, dass man jeden fragt oder einfach jedem den Zettel gibt, dann kann man ihn ja selbst wegwerfen, wenn man ihn nicht will."

„Ja, das machen wir auch so, aber es kann eben mal sein, dass man das vergisst (oder dass der Kunde den Zettel einfach nicht mitnimmt und er dann im Müll verschwindet)."

„Jaaaa, ich weiß, aber ich sag ja nur …"

„Ja, danke für den Hinweis", sage ich und bin schon halb im Keller, als er oben immer noch vor sich hinplappert.

Nun kann ich das Lager erneut durchforsten (wobei der Begriff ‚durchforsten' in diesem Zusammenhang natürlich vollkommen fehl am Platz ist. Das Lager ist das Gegenteil von einem Forst, aber das führt nun wohl etwas zu weit.) Ich finde die Tüten wieder nicht. Etwa eine Million Müllrollis stehen bis vor das Kühlhaus dicht gedrängt und versperren alle Gänge. Erst wenn morgen die neue Ware kommt, werden sie vom Lieferfahrer mitgenommen. Statt der Tüten nehme ich den Zigarettenwagen mit nach oben, komme aber nicht weit. Der Knecht aus der Unterwelt hat in der Zwischenzeit von einem Oberboss, der gerade zur Begutachtung der Zustände vor Ort ist, eins aufs Dach gekriegt, weil Pfandsäcke und Papprollis oben in der Warenannahme herumstehen.

„Frau Boesch, können Sie die bitte mal runterfahren."

Natürlich, ich habe gerade nichts zu tun. Kaum in der Warenannahme angekommen, spricht mich ein Kunde an:

„Der Pfandautomat ist voll. Wechseln Sie den Container?"

Natürlich. Ich ziehe den Container aus dem Automaten, schiebe ihn in den unendlich langsamen Fahrstuhl, nehme ihn unten an, schicke den leeren Container von unten herauf und will gerade die Pfandsäcke nach unten schicken, um für sie einen Platz im von Müllrollis bereits zum Bersten überfüllten Lager zu suchen, als die ZWEITE KASSE ausgerufen wird. Zumindest den Pfandautomaten will ich noch zu Ende verarzten, schiebe den Container rein, will mit dem Schlüssel die Erneuerung des Containers bestätigen – der Schlüssel ist abgebrochen. Ich suche jemanden, der mit diesem Missstand vertraut ist und den Trick kennt, finde ihn auch und werde direkt angeschnauzt, weil ich noch nicht an der Kasse bin, obwohl die doch gerade ausgerufen wurde. Ich gehe zur Kasse und ernte böse Blicke von Kunden, die schon minutenlang warten.

Als ich wieder loskomme, beginne ich, die Zigaretten zu packen, eine Aufgabe, die jeder gern anderen überlässt, weil der Zigarettenrolli ein Sammelsurium in Form eines Chaoshaufens ist und man Ewigkeiten braucht, um die Schächte mit den richtigen Marken zu füllen. Ein Kunde fragt mich, ob ich nicht eben diese und jene Sorte, Medium, Packungsgröße XXL, zur Hand habe. Es ist offenbar sehr kompliziert, an der Kasse den entsprechenden Knopf zu drücken, wenn man diese Marke raucht. Da fragt man lieber eine in Bergen von Zigarettenschachteln kniende Verkäuferin, ob sie da nicht eben mal was raussuchen kann. Und dann habe ich das Vergnügen, das ich schon erwartet hatte: Plapperhans ist immer noch da. Sein Aufenthalt erstreckt sich oft über ein bis zwei Stunden, da er gern etwas ‚vergisst', den Euro nicht aus seinem Wagen bekommt, irgendwem eine Kante ans Bein labert – in diesem Fall mir. Ich weiß nicht einmal mehr, was er mir alles erzählt hat. Ich glaube, er machte eine Bemerkung, dass es doch ein sehr abwechslungsreicher Job sei, den ich habe, da man ja nicht nur an der Kasse sitze. Und irgendwas über Käse. Als ich fertig bin mit Zigarettenpacken und wieder an der Kasse sitze, ist Plapperhans endlich mit seinem Einkauf durch und beginnt seine Waren vor mir aufs Band zu legen. Leider kann ich davon keine Videoaufnahme vorlegen. Plapperhans hat einen Einkaufswagen voller Waren und kommentiert jedes einzelne Teil, während er es aufs Band legt.

„Dieser Käse! Der ist wirklich hervorragend, ich esse den immer mit Gurken aufs Brot. Das kommt ja drauf an, ob man solchen Käse mag, aber ich finde ihn herrlich. Und hier, dieser Schinken. Na ja, der war früher schon mal billiger, aber er schmeckt immer noch gut. Butter. Es gibt ja viele Sorten, aber ich nehme immer diese hier, außer wenn eine andere Sorte im Angebot ist. Und ich nehme immer gleich zwei Packungen. Die halten sich ja recht lange, und ich esse gern Butter. Butter bei die Fische. Das ist ja so ein altes Sprichwort. Aber ich habe dann auch gerne schon mal richtig dick Butter aufs Brot. Da braucht man dann auch nichts weiter dazu. Ist aber nicht jedermanns Sache. Hier: Zartbitterschokolade."

Den Wein und das Bier kommentiert er nicht. Aber da sind ja noch die Weingummis und die Kekse und Joghurts. Ich bin unsagbar froh, als Plapperhans endlich bezahlt hat, ein Staatsakt, bei dem er mehrmals seine einzeln in Schutzhüllen verpackten Karten hervorholt, wieder wegsteckt und wieder hervorholt.

„Moment, welche ist es denn jetzt? Hab ich die jetzt schon wieder eingesteckt? Ah, da!"

Ich mache mich nun wieder auf den Weg ins Lager und begegne unterwegs einer lustigen alten Dame, die das Katzenfutter betrachtet.

„Hier sucht man sich ja affig", sagt sie und fängt an zu lachen. „Entschuldigung, aber Sie hatten doch früher so Tomatensoße in kleinen viereckigen Schachteln." Ich sage ihr, dass wir die immer noch haben, sie aber nicht bei der Tiernahrung, sondern bei den Nudelsoßen aufbewahren.

„Sie stellen aber auch oft die Sachen um. Na ja, das ist wohl Verkaufstaktik."

Möglicherweise hat sie damit sogar Recht. So genau habe ich nie darüber nachgedacht, so etwas lernt man natürlich in der Ausbildung. Es gibt gewisse Pläne für die Platzierung der Produkte, die aber nicht in jedem Fall verbindlich sind. Letztlich kommt es darauf an, ob genug Platz vorhanden ist. Natürlich haben wir die Tomatensoße auch vorher nicht zwischen Katzen- und Hundefutter aufbewahrt. Aber wenn ich ehrlich bin, verstehe ich auch nicht, warum die passierten Tomaten bei den Konservendosen stehen, die Tomaten in Stücken, ebenfalls in der Dose und vom selben Hersteller, aber bei den Nudelsoßen im Glas. Nun ja, diese Kundin ist glücklich mit ihrer Tomatensoße und ich hole nun, wie mir vor Ewigkeiten aufgetragen wurde, einen Rolli mit Tiefkühlresten nach oben, beginne zu packen und schaffe beinahe drei Packungen Eis einzuräumen, bevor die Schlange schon wieder so lang ist, dass ich böse Blicke ernte. Zwei-, dreimal mache ich das Hin- und Herspringen zwischen Kasse und Tiefkühl-Regal mit, dann frage ich dezent nach, ob ich den Tiefkühl-Rolli vielleicht doch lieber herunterfahren und durch einen mit ungekühlter Ware ersetzen soll. Dieser Vorschlag wird mit der Bemerkung quittiert:

„Ab siebzehn Uhr kommen Sie sowieso zu nichts mehr."

Als wäre es meine Idee gewesen. Immerhin sind fast zehn Packungen Eis mehr im Gefrierfach als vorher. Das ist eine bemerkenswerte Bilanz. Ich kämpfe mich mit der Tiefkühl-Ware durch die wartenden Menschen, die nicht einsehen, warum sie mir nun auch noch Platz machen sollen, obwohl ich so unverschämt bin, sie warten zu lassen, anstatt umgehend eine zweite Kasse zu öffnen.

Ich fahre den Rolli hinunter, wechsle noch einmal den zweiten Container – warum bin eigentlich immer ich zufällig in der Nähe, wenn diese verfluchten Container voll sind? – und bin für den Rest des Tages an die Kasse gefesselt.

„Hallo, acht dreiundsiebzig bitte, danke, tschüss." Zu mehr reicht es bei mir nicht mehr. Ich mache dumme Fehler. Begrüße einige mit „Auf Wiedersehen", sage ständig dreihundertvierundfünfzig statt drei Euro vierundfünfzig, weil die Beträge in die Kasse ohne Komma eingegeben werden, und vergesse, das Wechselgeld herauszugeben.

„Habe ich Ihnen das nicht gegeben?"

„Nein."

„Oh, entschuldigen Sie bitte."

„Das macht nichts. Fehler machen sympathisch."

„Dann müsste ich sehr sympathisch sein."

„Sind Sie auch."

Jetzt wird's mir peinlich. „Tschüss. Hallo." Ich beneide eine Kundin, die eben kiloweise Bananen und Kiwis nach Hause trägt und stelle mir vor, wie ich, statt hier an der Kasse herumzusitzen und wie ein Papagei immer wieder dasselbe zu plappern, eine große Schüssel Obstsalat mit Bananen und Kiwis verspeise. Vielleicht eine Abschweifung zu viel. Ich glaube nicht, dass siebenhundert Gramm Trauben hundert Euro kosten sollten. Falsche PLU[10] eingegeben. Leider kann ich solche hohen Summen nicht ohne Hilfe eines Kollegen stornieren. Ich bin froh, wenn dieser Tag vorbei ist. Ein Song von Frank Sinatra fällt mir ein.

---

[10] Der PLU-Code (price look-up code = Preis-Nachschlage-Code) ist eine Identifikationsnummer, die statt des Barcodes direkt in die Kasse eingegeben wird.

„Oops, there goes another rubber tree – oops, there goes another rubber tree plant ..."

Ich merke, dass ich diesen Song vor mich hin summe. So kann man sich doch nicht auf die Kasse konzentrieren.

„Entschuldigung! Ich habe Ihnen eben einundzwanzig siebenunddreißig gegeben und nicht zwanzig siebenunddreißig. Sie haben mir nur vier zurückgegeben. Ich bekomme noch einen Euro."

Aber auch ein langer Tag geht einmal vorbei. Drei, fünf oder sieben Stunden verschmelzen in der Erinnerung zu einem einzigen Punkt, und das ist vielleicht das Beste, was mit einem solchen Tag passieren kann.

Yes! We Have No Bananas ...

Der Ort, an dem man sich gerade befindet, bestimmt zumindest zum Teil die Regeln für die angemessene Konversation. In einem Museum – selbst wenn dort gerade die abstruseste Ausstellung des Jahrhunderts gezeigt würde – kämen die wenigsten Menschen auf die Idee, zu einem der Aufseher zu gehen und ohne jegliche Anrede zu fragen: „Museumscafé?", „Toiletten?" oder „Was ist das hier?"

Im Supermarkt wird man häufiger mal mit „Kekse!", „Crème fraîche?" oder „Ööööööl?" angesprochen. Einkaufen ist für viele ein pragmatischer Akt. Sie rufen die Namen der begehrten Produkte aus, als wären es Anfragen an eine Suchmaschine. Im Grunde genommen sagt mir diese sachbezogene Art der Kommunikation zu. Jedenfalls weiß man sofort, worum es geht und kann den Kunden das entsprechende Regal zeigen. Wesentlich anstrengender sind Anfragen dieser Art:

„Wissen Sie, ich wollte mal fragen, ich habe das schon mal hier gekauft, es ist aber schon etwas her, jetzt ist das hier im Angebot, wissense, was ich meine? – Ach, na wie heißt es? Das sind solche kleinen Dinger, meine Tochter isst die immer so gerne, habense die noch? Diese kleinen süßen ... Wartensema, ich hab hier den Prospekt, wo isser denn. Die müssten eigentlich im Angebot sein."

Blätter-blätter.

„Ne, das ist der falsche, ach doch: hier. Diese meine ich! Oder ist das gar nicht hier von Ihnen der Prospekt? Ne, das ist der gar nicht. Ach ja, das ist eigentlich auch nicht so wichtig, nur – ich wollte halt mal fragen, weil manchmal habense sowas ja."

(Geben Sie sowas mal in eine Suchmaschine ein.)

„Ach, nix für ungut, ich guck das nochmal beim Aldi."

Eine der am häufigsten gestellten Fragen (gleich nach: „Wo ist denn hier der Ausgang?") ist:

„Haben Sie Butter?"

(Butter? Nein, so etwas Ausgefallenes führen wir nicht. Vielleicht fragen Sie am besten mal in der Drogerie gegenüber.)

„Direkt hier neben Ihnen."

„Ach so. Na ja, hier findet man auch gar nichts."

Abenteuerlich wird es vor allem, wenn man nicht begreift, was da nun eigentlich gesucht wird.

„Diese kleinen roten Kekse" zum Beispiel. Wären Sie auf Babybel-Käse gekommen? Ich nicht. Meine Kollegin Jana hat's erraten. Ich finde heute noch, dafür gebührt ihr ein kleiner Orden.

„Fruchtkomposter" = Fruchtcocktail. Der Orden geht an mich.

„Haben Sie sowas Käseartiges? Das ist auch manchmal auf Pizza drauf. Neben dem Rucola. Da ist auch manchmal Basalikum drum herum."

Basalikum?

„Ich meine sowas Käseartiges, Kleines, Rundes, ganz dünn und knusprig ..."

Okay, ich weiß nicht, in welchem Universum Sie immer Pizza essen, aber wir haben sowas leider nicht.

„Höre Sie, ich suche so eine suße Gewurz."

„Zimt? Paprika edelsüß? Anis?"

„Nein, Kümmel, glaub ich. – Nein, doch nicht. Doch nicht. – Cumin, ja Cumin, aber haben Sie es nur als Pulver? Dann geh ich lieber mal zu Türke. Ich bin kein Türke! Ich geh nur einkaufen."

Danke, gut zu wissen. Die Staatsangehörigkeit frage ich nämlich immer ab, wenn ich Gewürzberatungen durchführe.

„Schulliguhn, Mann."

„Mann?"

„Mann. Mann. – Mann."

Ich komme einfach nicht dahinter, was gemeint ist. Männer verkaufen wir nun einmal nicht.

„Mann fur Kucken."

Gemeint war, wie sich schließlich herausstellte, Mohn, den wir allerdings auch nicht verkaufen.

Eindeutiger war die Anfrage eines Kunden, der mit einer Packung Schinken in der Hand vor mir stand:

„Muh? Chr chr?"

„Chr, chr", antworte ich. Gibt es überhaupt Rinderschinken? Vielleicht sollte ich nicht gerade diesen Kunden danach fragen. Dafür fehlt mir das lautmalerische Fachvokabular. Ich frage stattdessen Christine, die aus der Schlachterbranche kommt.

„Man kann aus allem Schinken machen", behauptet sie. Und ich fürchte, das stimmt.

„Haben Sie nicht diesen Joghurt?"

„Welchen meinen Sie denn?"

„Den, der nur so einen Hauch nach etwas schmeckt."

„Nach was denn?"

„Weiß nicht. Hab ich letztens hier gekauft."

„Welche Marke denn?"

„Keine Ahnung." (Sehr hilfreich.)

„Dann kann ich Ihnen nicht helfen. Ich weiß auch nicht, wie die einzelnen Joghurts schmecken."

„Na, eben nur so einen Hauch nach etwas, nur so einen Hauch!"

„Haben Sie Getränke?"

„Was suchen Sie denn? Wasser, Saft, Limonade, Alkohol?"

„Nee, Alkohol trinke ich nicht."

„Na ja, wonach suchen Sie denn genau?"

„Normale Getränke."

„Do you have scotch?" Der Kunde macht eine ausholende Bewegung wie am Fleischwolf oder an einer Kaffeemühle. Gianni und ich stehen etwas verdutzt da, und in unseren Köpfen rattern die Kaffeemühlen. Gianni fragt:

„Meinen Sie Alkohol?"

„No, no!"

Die Ausholbewegungen werden größer. Er meinte Scotch Tape. Klebeband. Ich hatte keine Vorstellung, was manche Leute mit Klebeband anstellen.

„Haben Sie Quertür?"

„Quertür?"

„Ja, diese Sache zum Kuchenbacken. Gibt es in schwarz, weiß und braun."

„Kuvertüre?"

„Ja, genau. Quertür."

„Entschuldigung, wo ist denn die Milch?"

„Sie stehen davor."

„Ach hier, ja danke."

„Und Senf?"

„Einen Gang weiter."

„Ah ja. – Ach, und Schokolade?"

„Da vorne."

„Danke. Ja, ach und jetzt noch: Käse. Wissen Sie, ich kaufe hier sonst nicht ein."

Supermärkte sind in der Regel so unübersichtlich, dass man als Ortsfremder nach Käse, Milch und Schokolade Stunden suchen müsste. Da ist es besser, man beschäftigt für die Zeit seines Einkaufs eine Mitarbeiterin als persönliche Supermarktführerin. Das ist überhaupt ein Beruf, auf den umzusatteln ich mir schon des Öfteren mal überlegt habe. – Und hier sehen Sie ein Werk der Firma Weideland: ohne Farbstoffe! Verbesserte Verpackung! Hält länger frisch, rutscht dafür aber auch immer aus dem Regal. Direkt gegenüber: das Seitenbacher Bergsteiger-Müsli, Bergsteiger-Müsli von Seitenbacher! Seit 1980, das Jahr, in dem John Lennon erschossen wurde und hundert Jahre nach dem Beginn von Sherlock Holmes' sagenhafter Karriere als *Consultant Detective* ...

Begreifen Sie die Geschichtsträchtigkeit dieses Müslis? – Ja, ich glaube, dieser Beruf hat Zukunft.

„Haben Sie Sardinien im Glas?"

Ja, und Sie haben Glück: Diese Woche gibt es Korsika gratis dazu.

Kürzlich sprach mich eine Kundin an, die vermutlich den Satz „Sie haben nicht mal Grieß" für ein Theaterstück möglichst authentisch einüben wollte und ihn daher mehrmals an mir ausprobierte.

„Entschuldigen Sie! Wissen Sie was? Sie haben nicht mal Grieß."

„Doch, wir haben Grieß, hier neben dem Mehl."

„Ah, ja."

Kurz darauf:

„Wissen Sie: Sie haben nicht mal Grieß."

Ich zeige ihr die beiden Sorten, die wir haben. Ja, nur Weichweizengrieß, keinen Hartweizengrieß.

„Also: Sie haben nicht mal Grieß."

Ja, wir haben nicht mal Grieß. Ich schäme mich.

„Wo haben Sie denn Gänsekeulen?"

„Tiefgefroren?"

„Nein, im Tetra Pak."

„Im Tetra Pak?"

„Ja."

„Ich glaube, sowas gibt es nicht."

„DOCH! Die habe ich hier ja schon mal gekauft."

Wie soll ich das glauben? Haben Sie schon einmal Gänsekeulen im Tetra Pak gesehen? Aber wenn diese Kundin die hier schon gekauft hat, dann hat sie sie eben gekauft und folgerichtig gibt es sie auch.

„Ach so, tut mir leid, die haben wir im Moment nicht da."

„Ach, das ist aber schade."

Ja, sehr, denn das hätte ich auch gerne einmal gesehen. Andererseits, die armen Gänse …

Was meine Geduld jedes Mal auf eine harte Probe stellt, ist die Unart vieler Leute, davon auszugehen, dass das, was sie selbst gern kaufen und konsumieren, das Maß aller Dinge ist. Sie fragen in einem Laden, in dem es von jedem Produkt diverse Sorten gibt, nach den „Normalen", wenn sie das meinen, was sie mögen oder woran sie sich gewöhnt haben. „Die Normalen" ist *die* präzise Beschreibung für alles.

„Die normale Milch."

„Frische oder haltbare?"

„Hä? Na die normale. Die ganz normale Milch."

„Ich suche Sahne."

„Schlagsahne?"

„Nein, ganz normale Sahne."

Besonders nervenaufreibend ist es an der Kasse, wenn jeder Zweite sagt:

„Ich hätte gerne noch ne Tüte."

„Eine kleine oder eine große?"

„Eine normale. – Warum geben Sie mir denn jetzt eine kleine?"

„Die meisten nehmen eine kleine."

„Ja? Warum das denn? Dann geben Sie mir so eine da."

„Die Presse ist wohl heute nicht gekommen?"

„Die *Neue Presse*?"

„Nä, die ganz normale Presse."

„Die Zeitungen sind hinter dem Weihnachtsaufsteller, wenn Sie die suchen ..."

„Die Presse ist wohl nicht dabei. Na ja, dann ist die Presse wohl nicht zu haben heute."

Kurz darauf steht die Kundin mit der *Neuen Presse* an der Kasse.

„Ach, dann haben Sie sie ja noch gefunden." – Keine Antwort. War wohl doch nicht die *normale* Presse.

Manchmal muss ich an meinem eigenen Verstand zweifeln. Seit ich in diesem Laden arbeite, kommt das öfter vor. Während ich die Butter einsortiere, fragt mich eine Kundin von der Seite:

„Haben Sie Servietten?"

Ich verstehe aber: „Haben Sie Sardinen?" und frage zurück:

„Gekühlt oder in diesen kleinen Dingern, na – ich meine als Konserve?"

Sie guckt mich verständnislos an und wiederholt:

„Servietten."

Ich bleibe dabei:

„Ich meinte: gekühlt oder als Konserve?"

Sie (inzwischen verzweifelt ob meiner Begriffsstutzigkeit):

„Servietten???"

Ich denke: Was redet sie denn die ganze Zeit von Servietten, was will sie denn?

Sie wollte Servietten, aber mein Hirn wollte von den Sardinen partout nicht abrücken. Die Kundin ließ sich aber nicht beirren. Sie wollte eben keine Servietten aus der Dose.

Eine Kundin sucht m&m's, und zwar die Sorte, die einen Schokoladenkern hat. Wir haben aber gerade nur die Sorte mit Erdnüssen.

„With the chocolate", meint sie in gebrochenem Englisch.

„These are the ones with peanuts", erkläre ich, als könnte sie das nicht selbst sehen.

„No, no, the chocolate", wiederholt sie.

„Nope, peanuts." (Begreift sie das nicht?)

„Ya, but chocolate!"

„No, these are not the ones with a chocolate core."

Das hatte sie natürlich noch gar nicht der Abbildung auf der Verpackung oder meinen sinnlosen Wiederholungen entnehmen können.

„Ah! The ones with the chocolate core! Okay, we don't have them."

Nun ja. Auch Suchmaschinen spucken manchmal sinnlose Ergebnisse aus.

An der Kasse

Lange habe ich mich (wie auch viele andere Kollegen in ihren ersten Monaten und Jahren) um das Kassieren gedrückt. Im Laden herumzustreunen, Regale zu befüllen und Kunden zu zeigen, wo die Marmelade steht, ist immer noch etwas anderes als stundenlang am Band zu sitzen und mehrere hundert Mal „Guten Tag – siebzehn Euro fünfzig bitte – Haben Sie eine Payback-Karte? – Danke-Bitte-Aufwiedersehen-schöne-Festtage" zu sagen. Wem irgendwelche Ausreden einfallen, zögert es so lange wie möglich heraus, aber über kurz oder lang muss jeder ran. Und es gibt auch Kollegen und Kolleginnen, die diesen Job tatsächlich gerne machen und die nicht lieber Haribo-Kartons aufreißen. Das sind die Kassiererinnen und Kassierer, bei denen Sie sich gerne anstellen und gegebenenfalls sogar die längere Schlange in Kauf nehmen, weil

Sie sicher sein können, dass Sie freundlich begrüßt und verabschiedet werden und Ihnen nicht für ein Körnerecklein ein Sonnenbätzchen berechnet wird, wenn Sie sich am Brötchenstand bedient haben. Es gibt diese Kollegen, aber meiner Erfahrung nach sind sie eine vom Aussterben bedrohte Art.

Als Kind wurde ich öfters zum Einkaufen in einen Laden geschickt, in dem an der Kasse eine roboterähnliche Frau (oder ein frauenähnlicher Roboter, das habe ich nie herausgefunden) saß und in einer unvergleichlich monotonen Sprechweise und mit einem sonderbaren Akzent fortwährend ihr Mantra wiederholte:

„E-uro-funfzick-Kassenbohn-Bietesehr-Danke-schön-Wiedersehn-Gutten-tack-E-uro-dreißick-Kassenbohn-Bietesehr-Dankeschön-Wiedersehn-GuttenTack ..."

Ich habe ihre Stimme immer noch im Ohr. Liebe Frau oder lieber Roboter E-uro-funfzick-Kassenbohn-Bietesehr-Dan-keschön-Wiedersehn-Gutten-tack, wenn Sie das hier lesen: Ich grüße Sie. Ich habe schon oft über diese Monotonie geschmunzelt, wenn ich mich selbst sagen hörte:

„Hallo, eins fünfzig bitte, danke-tschüss-hallo."

„Sie haben mich jetzt aber nicht nach meiner Payback-Karte gefragt!"

„Oh, tut mir leid."

„Ja, können Sie die bitte noch rüberziehen?"

„Wenn Sie schon bezahlt haben, geht das leider nicht mehr."

„Die Karte habe ich doch hier die ganze Zeit in der Hand. Und Sie haben nicht danach gefragt. Sie haben viel zu schnell kassiert. Jetzt ist es zu spät."

„Ja, es tut mir leid." (Wenn Sie die Karte die ganze Zeit in der Hand hatten, warum haben Sie sie mir nicht vor dem Bezahlen gegeben? Na ja.)

„Dann machen Sie jetzt, dass das noch nachträglich eingescannt wird."

„Dann müssen Sie Ihren Einkauf bitte noch einmal aufs Band legen. Dann storniere ich alles und ziehe die Waren noch einmal mit Ihrer Paybackkarte rüber."

„Was? Neeee. Vergessenses. Aber Sie haben viel zu schnell kassiert, und ich hatte die Karte die ganze Zeit in der Hand."

Was für ein Triumph!

Ich kenne diese Panik bestens, die einen befallen kann, wenn die Waren schneller über den Scanner gezogen werden als man sie einpacken kann. Dann steht man da mit seinen halb eingepackten, halb aus den Taschen hängenden Sachen, klemmt das Apfelsinennetz im Reißverschluss des Rucksacks ein und sucht fieberhaft nach dem passenden Kleingeld, während all die genervten Blicke auf einem ruhen, weil man mit seiner Umständlichkeit alle aufhält.

Wenn mir das beim Bezahlen wieder einmal passiert, höre ich die Gedanken der Kassiererin, die ich hätte, wenn ich jetzt auf der anderen Seite sitzen und mir zusehen müsste:

„Jetzt gib mir einfach einen Zwanziger, damit es heute noch was wird", während ich als Kundin völlig gestresst im Portemonnaie krame:

„Verflucht, das ist ja gar kein Fünf-Cent-Stück." Und dann drücke ich dem Kassierer einfach irgendeinen Betrag in die Hand und hoffe, dass die Zusammenstellung der Münzen nicht allzu dämlich ist. Immerhin ein bisschen Zeit geschunden! Während er das Geld zählt, stopfe ich schnell die Porree-Stangen in den Rucksack und bin froh, wenn ich diese Situation hinter mir habe – wie wahrscheinlich auch all die Kunden, die von mir gestresst werden, weil ich mal wieder „viel zu schnell" kassiere.

Eigentlich verstehe ich das gut. Nach einem langen Tag will man nicht auch noch beim Bezahlen an der Kasse großartig plaudern. Aber wenn man es nun einmal nicht geschafft hat, sich eine der Tüten zu nehmen, die vor der Kasse ausliegen, muss man eben die Kassiererin danach fragen, und das macht man am besten, indem man unverständlich vor sich hin nuschelt: „Netaschebidde" oder „Nonnetüte".

Wenn man dann gefragt wird, ob es eine große oder eine kleine sein soll, möglichst vage Handzeichen geben und sagen: „So eine da." Oder antworten: „So, dass alles reinpasst."

Ich muss zugeben, dass ich eine miserable Kassiererin bin.

„Das macht drei neunundvierzig."

Ich bekomme einen Fünf-Euro-Schein in die Hand gedrückt und gebe in der Kasse die Summe ein, die ich erhalten habe, suche gerade das Wechselgeld zusammen, da fällt der Kundin ein, dass sie noch neun Cent hat. Scheiße! Das kann ich so schnell nicht im Kopf rechnen.

„Ich habe das jetzt schon eingegeben", behaupte ich, als sei das ein triftiger Grund.

„Sie werden doch wohl die neun Cent verrechnen können. Es sind doch drei neunundvierzig."

„Nein, leider kann ich es nicht."

„Dann vergessen Sie es."

Ja, das hatte ich vor.

„Da fragt man sich nur", meint sie noch, „ob da das Bildungssystem versagt hat oder der persönliche Intellekt."

Was für ein unglaubliches Kompliment das ist, begreife ich erst, als ich die Kasse längst wieder verlassen habe. Manchmal kriegt man wirklich unglaubliche Dinge an den Kopf geworfen, und manch einer trifft den Nagel auch auf den Kopf:

„Können Sie nicht mal ein bisschen freundlicher gucken? Wenn Ihnen das hier keinen Spaß macht, dann haben Sie wohl den falschen Job!"

Volltreffer. Ich fühle mich hier an der Kasse wie ein Vogel im Wasser (und ich meine keine Ente). Ich bin zu dieser Arbeit gekommen wie manche Leute zu den Zitronen, aus denen man angeblich Limonade machen soll, wenn das Leben sie einem schenkt. Ich mag eigentlich Zitronen. Aber das Kassieren ist eben nicht mein Ding. Alle paar Sekunden ein neues Gesicht, in das man freundlich lächeln soll, auch wenn viele dieser Gesichter die Tatsache, dass ein wirklicher Mensch vor ihnen sitzt, offenbar gar nicht realisieren. Sie reagieren nicht auf die obligatorische Begrüßung und Verabschiedung, packen wortlos ihre Sachen in die Tasche und verschwinden, als hätten sie die Waren gerade aus einem Loch in der Wand gehoben.

Vielleicht können sie nicht hören oder nicht sprechen, denke ich manchmal. Oder sie sind übermäßig schüchtern; mir fällt es auch nicht gerade leicht, jeden Kunden zu begrüßen und ihn dann auch noch lächelnd anzusehen (was ich ehrlich gesagt auch nicht mache). Aber wenn es dann für

„Können Sie die Zigaretten mal freischalten?" oder „Eine Tüte!" gerade noch reicht, kann es an Stummheit, Schüchternheit oder Unkenntnis der Sprache ja wohl nicht liegen.

Es ist mir ein Rätsel, wie Gianni es an der Kasse aushält. Er hat mir eins voraus: Er kann mit Zahlen umgehen, und es würde mich nicht wundern, wenn er nach jedem Bezahlvorgang exakt sagen könnte, welcher Betrag sich in der Kasse befindet. Aber ich weiß, dass auch er die Kunden nicht anschaut, geschweige denn anlächelt, nur das Nötigste sagt und sich extrem ungern auf Diskussionen einlässt. Ich glaube, wenn ich eines Tages eine Stelle in der Schokoladenfabrik antrete, nehme ich Gianni mit.

Ich finde es extrem anstrengend, so viele Kunden in so kurzer Zeit vor mir zu haben. Manchem möchte man auch nicht länger als die paar Sekunden begegnen, die es braucht, bis sie ihre Spirituosen bezahlt haben, aber es gibt auch Kunden, bei denen es fast schade ist, dass sie so schnell wieder verschwunden sind. „Toskana-Brötchen", sagt ein Kunde, der jeden Morgen sein Frühstück hier einkauft, und zeigt auf seinen Beutel mit den drei Brötchen.

„Frisch aus meiner Heimat hier eingeflogen."

„Sogar noch warm."

Und der Nächste. Keine Zeit für Träume von der Toskana.

Eigentlich muss man, wenn man an der Kasse sitzt, bei jedem Kunden in den schräg oberhalb des Kassenbereichs angebrachten Spiegel schauen, um zu sehen, ob jemand Waren an der Kasse vorbeischmuggeln will. Ich habe schon angedeutet, dass ich eine schlechte Kassiererin bin. Ich vergesse es oft. Eigentlich immer. Im Grunde geht es mir ganz und gar gegen den Strich, Leuten willkürlich Unehrlichkeit zu unterstellen. Wer klaut, belastet sein Karma sicher stärker als die Kasse des Unternehmens.

Manchmal schieben Kunden ihre Getränkekisten auf dem Boden vor der Kasse her, ohne dass sie sie klauen wollten. Vielmehr stellen sie eine der Flaschen aufs Band und sagen einem dann, wenn man schon alles gescannt hat, dass sie davon eine ganze Kiste haben. Manchmal stellen sie auch keine Flasche aufs Band und sagen Dinge wie:

„Und einmal das große Wasser."

„Das große Wasser?"

„Hier!"

Ich sehe in den Spiegel, da steht ein Sixpack stilles Wasser der Hausmarke. *Das* große Wasser. Danke für diese (vollkommen unbrauchbare) Information. Mindestens eine Flasche, die Nummer oder das Etikett brauche ich trotzdem. Sie müssen das Ganze doch auch nach Hause schleppen oder zumindest in den Kofferraum heben, da werden Sie doch mal ein Sixpack aufs Band stellen können.

Dass einige Artikel, besonders Obst und Gemüse, über den PLU-Code verbucht werden und nicht über den Kilopreis, verstehen viele nicht. Ich erwarte eigentlich auch nicht, dass die Kunden die Nummern der Früchte kennen oder sich überhaupt Gedanken darüber machen, aber beim hundertsten Mal nervt es dann doch ein wenig, wenn man die Nummer von irgendeinem Gemüse nicht weiß – es spricht natürlich auch für sich, wenn man nach hundert Mal die Nummer nicht weiß – und die Kunden einem dann den Stück- oder Kilopreis nennen.

„Ich brauche die Nummer, der Preis hilft nicht."

„Ja, die Nummer weiß ich nicht, aber wie gesagt zwei neunundneunzig das Kilo".

(Ja, und wie gesagt: Das bringt nichts.)

Wir haben mehrere Sorten Bananen, die auch jeweils unterschiedliche Nummern haben, unabhängig davon, ob die Preise gleich oder unterschiedlich sind. Nun ist aber nicht auf jeder Banane auch ein Aufkleber, so dass man manchmal nachfragen muss, ob es sich um Marke, Hausmarke oder Biobananen handelt. Der Witz ist: Fast alle Kunden wissen selbst nicht, welche Bananen sie genommen haben, drehen sich um und erzählen dann, den Blick in den Laden, dem Gemüse höchstpersönlich, von wo sie die Bananen weggenommen haben, so dass man noch einmal nachfragen muss, wenn sie sich wieder zurückgedreht haben.

„Von da vorne. Jedenfalls eins neunundneunzig das Kilo."

So ist das, wenn man unterschiedliche Interessen an den Dingen hat.

Jedes Mal, wenn es an der Kasse leer ist – was gelegentlich vorkommt – und eine einzelne Person ihre Waren aufs Band legen kann, wo sie will, ohne auf Vor- oder Hintermänner zu achten, frage ich mich, warum diese Person ihre Sachen dann zuverlässig ganz hinten aufs Band legt, so dass sie alle erst zwei Meter zu mir zurücklegen müssen, bevor ich sie über den Scanner ziehen kann? Sehen die Leute die Sachen so gern an sich vorüberziehen wie in dieser lustigen Fernsehshow aus den Siebzigern mit Rudi Carrell?

Es ist vermutlich eine Art ungeschriebenes Gesetz, dass immer der größtmögliche Abstand gehalten wird. Wenn man in einem ansonsten leeren Bus sitzt, und jemand setzt sich direkt neben oder hinter einen, denkt man doch auch direkt, da ist was verkehrt. – Eigentlich hinkt dieser Vergleich, aber so ist das! Ich schüttele mir schon die absurdesten

Hypothesen aus dem Ärmel, weil es einfach keine logische Erklärung gibt.

Nicht nur Menschen haben ihre Eigenheiten, auch die Kasse kann sehr eigenwillig sein. Und sie lässt nicht mit sich reden. Ihr Wort ist Gesetz. Da kann man höchstens noch zu Tricks greifen. Neulich ziehe ich einen Eisbergsalat über den Scanner, und die Kasse fordert mich auf, den Ausweis der Kundin zu prüfen! Kein Verkauf an Jugendliche unter 16 Jahren. Altersfreigabe für einen Salat? Ich nehme den Salat wieder raus und scanne ihn nochmals ein. Die Kasse bleibt dabei. Kein Salat ohne Altersfreigabe. Das kommt mir doch etwas spanisch vor, der Chef wird herbeigerufen, um das Mysterium aufzuklären. Er zieht den Salat noch einmal über den Scanner: Kein Verkauf an Jugendliche unter sechzehn Jahren. Da hilft nichts. Der Preis muss manuell eingegeben werden – das sollte man nur im äußersten Notfall tun, aber dies ist ja wohl ein Notfall, zumal die Kasse beim Stornieren behauptet: Storno *Infanterist Dei*. Einen Moment lang denke ich: Scheiße! Solche seltsamen Wortkombinationen bedeuten doch selten etwas Gutes. Bomben- oder Überfall-Alarm. Aber da das Ganze dem Chef auch nicht mehr als ein müdes „Ist ja komisch" entlockt, lasse ich es darauf beruhen und kassiere weiter. So ganz lässt mir die Sache jedoch keine Ruhe.

Zu Hause befrage ich das Internet nach „Infanterist Dei" und finde heraus: Es gibt ein Buch mit dem Titel *Infanterist Deifl. Ein Tagebuch aus napoleonischer Zeit*. Nicht unbedingt ein aktueller Bestseller ... Wie das in den Barcode vom Salat gekommen ist – eher rätselhaft.

Kürzlich wundere ich mich über einen kleinen, behelfsmäßig festgeklebten Zettel neben den Nummern für Obst und Gemüse, auf dem steht:

„Die kleinen roten Äpfel von draußen. PLU-Code XXX. Rübchen!!!"

Rübchen?

„Die Äpfel sind im Angebot", erklärt mir Frau Brink später, „und haben eine gesonderte Nummer. Sie gehen als Rübchen durch."

Tatsächlich!

„Ich habe aber gar keine Rüben gekauft."

Es war doch absehbar, dass jeder zweite Kunde das beanstandet.

„Ja, es ist nur die Kasse, sie zeichnet die Äpfel als Rübchen aus."

„Aber es sind doch gar keine Rübchen. Ich bezahle nicht für die Rübchen. Ich habe keine Rübchen gekauft."

Ja, das weiß ich doch.

Eine ältere Dame betritt den Laden, bleibt im Eingangsbereich einige Meter von den Kassen entfernt stehen und ruft in einer bemerkenswerten Lautstärke:

„Verkaufen Sie hier auch Batterien?"

Ich zeige und winke in die entsprechende Richtung, sie bedankt sich und verschwindet im Getümmel. Kurz darauf höre ich ihre durchdringende Stimme erneut:

„Ist die Weintraubensaison schon vorbei?"

Sie steht vor dem Gemüse und ruft in den Gang hinein, ohne dass sich dort ein Mitarbeiter aufhält, der sie über die Weintraubensaison unterrichten könnte. Aber ein Kunde nimmt sich ihrer an und gibt ihr eine Tüte Trauben aus der Auslage. Es gibt tatsächlich eine ganze Menge Menschen, die nicht rempeln, sich vordrängeln oder über das schlechte Sortiment schimpfen, sondern einer verwirrten Dame gern die Trauben reichen oder dem Vordermann an der Kasse mit ein paar Cent aushelfen, wenn plötzlich das Geld nicht reicht. Kürzlich stand ein Junge mit einer Packung Popcorn vor mir.

Er hatte einen Euro dabei und nicht damit gerechnet, dass die Packung teurer sein könnte. Er sah dermaßen verwirrt drein, dass ich in meinen Hosentaschen nach Kleingeld zu suchen begann, hatte aber keins dabei. Der Mann, der als nächstes an der Reihe war, drückte dem Kind kurzerhand einen Euro in die Hand und wollte auch das Wechselgeld nicht zurück. Mit einem entrückten Lächeln, einer Packung Popcorn und fünfundsiebzig Cent verließ der Kleine den Laden. Eine gewisse freudige Stimmung machte sich auch bei den dahinter wartenden Kunden bemerkbar. Sie scherzten plötzlich, und jeder versuchte an diesem Geschehen durch eine Bemerkung oder doch wenigstens durch ein Lächeln teilzuhaben. Wahrscheinlich ist etwas dran an dem alten chinesischen Sprichwort, das der Direktor des Bruttonationalglück-Instituts in Bhutan, Dr. Ha Vinh Tho, in seinem Band *Grundrecht auf Glück* erwähnt: Willst du dein Leben lang glücklich sein, hilf anderen Menschen.[11] Es ist natürlich fraglich, ob dem Kind mit karamellisiertem Zuckerwerk wirklich geholfen ist. Karies, Diabetes usw. ... Na gut, ich schweife wohl wieder einmal etwas ab.

---

[11] Ha Vinh Tho: Grundrecht auf Glück. Bhutans Vorbild für ein gelingendes Miteinander. Aufgezeichnet von Gerd Pfitzenmaier. München 2014, S. 61.

Fan Fiction im Real Life

Es gibt Menschen, die so sehr in ihrer eigenen Welt leben, dass sie offenbar nicht bemerken, dass die Figuren um sie herum nicht die Nebencharaktere einer Serie um ihre eigene Person sind, vor allem aber nicht die Protagonisten einer Story, die sie selbst geschrieben haben.

Frieda kommt nahezu jeden Tag einkaufen, an einigen Tagen sogar zweimal, vor und nach ihrem Arzttermin. Sie kennt jeden Mitarbeiter besser als er sich selbst, und sie weiß alles über jeden, abgesehen davon, wie sie heißen. Christine nennt sie Christina, Mark heißt bei ihr Markus, Jana nennt sie sowieso nur „meine Kleene". Auch mit meinem Namen hat sie Probleme. Eine Weile nannte sie mich Friederike, aber dann ist ihr wohl aufgefallen, dass meine Kollegen mich Boeschi nennen – gegen die Namen, die die Kollegen einem verpassen, ist jeder Widerstand zwecklos, und sie bürgern sich schneller ein, als man von A bis Z zählen kann. Inzwischen nennt Frieda mich auch einfach „die Kleene", was gelegentlich etwas verwirrend ist, aber es ist wohl ein Teil ihrer Vormittagsserie, an der sie aktiv arbeitet. Jana ist in der Mopro-Abteilung die Hauptverantwortliche, ich bin ihr mit einem Teil meiner Stunden vormittags zugeordnet. Wir sind seit langem ein eingespieltes Team. In Friedas Augen sind wir aber nicht nur das: Wir sind ein unzertrennliches Paar, das fleißig Schwerstarbeit leistet und bei dem eine die anderen schmerzlichst vermisst, wenn diese einen freien Tag hat, im Urlaub ist oder – wie es in meinem Fall häufiger vorkommt – eine Weile lang einer anderen Abteilung zugeordnet ist. Natürlich ist es angenehmer, eine Schicht zu zweit zu haben, weil man einfach besser vorankommt. Und ich bin schon erleichtert, wenn Jana nach ein oder zwei Wochen aus dem Urlaub zurück ist. Wir verstehen uns blind bzw. stumm, ohne viel absprechen zu müssen, aber wir leiden nicht die Qualen der Trennung und Entbehrung, die Frieda uns andichtet. Wenn ich Jana an ihrem freien Tag vertrete (was etwa einmal in der Woche der Fall ist), steht Frieda um zehn Uhr auf der Matte und bemitleidet mich:

„Ach! Stimmt ja, die Kleene hat ja heute ihren freien Tag. Und du musst jetzt ganz alleine packen? Na, du bist ja auch froh, wennse wieder da ist, nichwahr?"

„Morgen ist sie ja wieder da."

„Mensch, da machste aber auch was mit. So ganz alleine, das ist ja auch nicht schön. Aber was willste machen?"

Ja, es ist ein Drama, das sich für das Vorabendprogramm bestens eignen würde. Nach der Arbeit werde ich mich erst einmal ins Café setzen und meiner fernen Freundin ihren freien Tag versüßen, indem ich ihr tiefbetrübt Whatsapp-Nachrichten mit vielen kleinen traurigen Smileys schicke.

„Kleene, dann mach's mal gut und halt noch schön durch!"

Ich bin nicht undankbar, dass sie nun in Christines intrigenreiche Vormittags-Vorabendserie rüberzappt und ich weiter die Angebotstruhe befüllen kann.

„Sie ist ja auch froh, wenn die Kleene wieder da ist", höre ich sie noch den Faden weiterspinnen. „Dann sind sie endlich wieder zusammen."

Ja, dann sind wir endlich wieder zusammen, nach langer, leidvoller Trennung.

„Sag mal", höre ich es kurz darauf schon wieder neben mir. „Du musst mir mal hier helfen." Frieda hält mir eine Essigflasche vor die Nase. Offenbar hat sie sich darauf besonnen, dass sie auch etwas einkaufen wollte.

„Ist das hier das Haltbarkeitsdatum?"

„Essig hat kein Haltbarkeitsdatum, da er praktisch nicht verderben kann."

„Ach was, da hab ich nun wieder was gelernt."

Ich übrigens auch, das hatte ich vor kurzem erst nachgelesen. Essig gehört nicht zu den Dingen, mit denen ich mich gewöhnlich beschäftige. Ich verstehe allerdings nicht, warum er kein Mindesthaltbarkeitsdatum hat, Honig aber sehr wohl. Beides ist bei gutem Verschluss unbegrenzt haltbar. Honig kann gären, wenn er verunreinigt ist. Aber ich glaube nicht, dass Frieda das interessiert. Für heute verabschiedet sie sich. Am nächsten Tag gesellt sie sich dann wieder zu uns:

„Endlich, meine Beiden. Endlich seid Ihr wieder zusammen."

Immerhin ist das noch eine relativ harmlose Rolle, die man im Skript eines anderen ungewollt zugeteilt bekommen kann. Schlimmer, auf jeden Fall peinlicher, wird es, wenn es um internes Gerede geht. Es stand einmal zur Debatte, dass ich in der Spätschicht die Schichtleitung, Tresor-, Kassenzählung und Ladenschließung übernehmen sollte. Ich wollte damals aus verschiedenen Gründen diese verantwortungsvolle Aufgabe nicht übernehmen. Mein fehlendes Verständnis für Zahlen spielte dabei eine nicht unerhebliche Rolle, aber auch der permanente Rollenwechsel, der damit verbunden gewesen wäre: einerseits als einfache Angestellte ohne Ausbildung unter vielen Dienstälteren, die teilweise seit zehn oder zwanzig Jahren dort arbeiten, andererseits als Schichtleitung mit einer Aufgabe, die normalerweise für Assistenten vorgesehen ist, und das wohlbemerkt bei Mindestlohnzahlung. Christine, die es sicher gut meinte und mir diese Aufgabe vom Hals halten wollte, verbreitete kurzerhand, ich wolle nicht in der Spätschicht arbeiten, weil ich Angst hätte, abends zusammengeschlagen zu werden, zumal abends häufiger gewaltbereite Kunden in den Laden kämen und die Security am Eingang ja oft selbst hilflos sei. Die kleine Franzi, dieses zarte Mäuschen, ist doch viel zu lieb, um eine Schichtleitung zu übernehmen. Und was soll sie denn machen, wenn da abends Schlägereien im Gange sind? – Wow, das ist die Macht des Geredes. Ich hatte mir nie vorher Gedanken darüber gemacht, dass in der Spätschicht die Chance, verprügelt (oder mit einer Waffe bedroht) zu werden, größer ist als in der Frühschicht. Natürlich ist da etwas Wahres dran, aber diese Überlegungen hatten absolut nichts, aber auch wirklich nicht den kleinsten Deut, mit meinen tatsächlichen Beweggründen zu tun.

„Jetzt musst du ja doch abends arbeiten, wo du dich doch vor den Krawall-Kunden fürchtest", hieß es plötzlich, da ich zum Packen und Putzen ja weiterhin gelegentlich in der Spätschicht bin. Das wird man nicht wieder los. Christine hat es immerhin gesagt, dann wird es wohl stimmen. Dass man sich die Abrechnung nicht zutraut, kann sowieso nicht sein, wenn man studiert hat und eine Brille trägt. Diese absurde Version hat wohl nur jemand gerüchtemäßig verbreitet.

„Wo ist eigentlich Herr Marat?", denke ich laut, als ich zwischen den Arbeitskitteln einen suche, der mit meinem Namen beschriftet ist, wie immer keinen finde, dafür aber gefühlt zwanzig Stück mit dem Namen Marat.

„Der hat doch gekündigt", sagt Christine.

Das wusste ich gar nicht. Er wusste davon auch nichts, wie sich herausstellte, als ich ihm kurz darauf auf der Straße begegnete und ihn darauf ansprach.

„Ich habe gekündigt?", fragte er verblüfft.

Christine hat offenbar die Angewohnheit, bloße Vermutungen und wilde Spekulationen als Tatsachen auszugeben und damit für Verwirrung zu sorgen.

Sind all diese Dinge für sie tatsächlich real?

„Ich habe doch keine Angst, zusammengeschlagen zu werden", meinte ich einmal, als ich mitbekommen hatte, dass sie ihre Theorie auch dem Oberboss vom Bezirk unterbreitet und ihn gebeten hatte, mich von diesem unliebsamen Amt, das man mir übertragen wollte, zu verschonen. Total peinlich.

„Natürlich!" Sie ist empört, dass ich etwas derart Offensichtliches anzweifle. „Letztens haben sich hier abends im Laden zwei geprügelt, und der Security-Mann hat sich hinter Gianni versteckt und gerufen: ‚Beschütz mich, rette mich!'"

Diese Szene erschien mir eher belustigend als bedrohlich, vor allem aber sehr unglaubwürdig. Ganz zu schweigen davon, dass Christine nie länger als bis vierzehn Uhr im Laden ist, weil sie als eine der wenigen Mitarbeiter keine wechselnden Schichten hat, sondern ausschließlich in der Frühschicht arbeitet. Um zehn Uhr abends schläft sie vermutlich längst. Hat sie diese skurrile Szene also vielleicht geträumt? So wie die Kündigung von Herrn Marat und meine Furcht vor den abendlichen Gewalttätigkeiten? Ich weiß es nicht, aber ich beschließe, dem Gerede seinen Lauf zu lassen. Die Leute glauben sowieso, was sie wollen.

Als mein Bruder eines Mittags in den Laden spaziert, weil er in der Nähe zu tun hatte und mich dort anzutreffen hofft, mich aber knapp verpasst, gerät er mit Christine ins Gespräch. Als er mich am Abend anruft, kann ich kaum glauben, was für hanebüchenes Zeug Christine ihm über mich erzählt hat. Mein Bruder lacht sich schlapp und schüttelt den Kopf darüber, zu was für einem Menschen meine Arbeit mich Christines Beschreibung zufolge gemacht hat. Zu allem Überfluss hat Christine ihm auch ein paar Styling-Tipps für mich mitgegeben. So ein einfacher Zopf sei doch auf Dauer ganz schön langweilig. Ich könne doch die Haare mal offen tragen. Als ich Christine später bat, solche Gespräche nicht mit meinen Familienangehörigen zu führen, falls sie wieder einmal im Laden auftauchen sollten, war ihre Antwort:

„Wieso? Dein Bruder ist *wirklich* schnuckelig."

Gut, ich kann mir den Mund fusselig reden. Wahrscheinlich weiß inzwischen auch bereits jeder, dass meine Frisur verbesserungswürdig und mein Bruder schnuckelig ist. Ich hoffe einfach, dass das Programm auf einem anderen Sender interessanter ist. Zapp.

Disposition

Die Oberbosse, die diesen Laden regieren, sind recht knausrig. Es fehlt eigentlich ständig schon an den einfachsten Sachen. Das beginnt mit Stiften, Kartonmessern, Wischlappen und Handschuhen für die entsprechenden Tätigkeiten und reicht bis zur permanenten Baufälligkeit des Fahrstuhls und des Leergutautomaten.

Tiefkühlware wird normalerweise mit dafür vorgesehenen Handschuhen gepackt. Ich habe es längst aufgegeben, auf der Suche nach solchen Luxusartikeln durch das Lager zu pirschen. Auf den Materialwagen befinden sich Tausende Rollen Obsttüten, Brottüten für den Backshop, Papierhandtücher für die Personaltoiletten und jede Menge Krimskrams, aber kein einziges Paar Handschuhe. Anfangs dachte ich noch, solche Mängel teilt man am besten dem Chef mit, damit er Nachschub organisiert. Heute muss ich über diesen naiven Einfall lachen. Als ich mit diesem Anliegen ins Büro trat, öffnete der Chef eine seiner Schreibtischschubladen und holte ein schwarzes (ehemals weißes) paar Handschuhe hervor.

„Sind da keine mehr? Nehmen sie erstmal meine."

Hab's mir überlegt, -17 °C machen meinen Händen gar nichts aus.

Eine permanente Baustelle sind die Schiebetüren an den Kühlregalen. Die Aufhängung der Türen ist sehr anfällig. Alle paar Wochen kommt es vor, dass eine Tür sich verkantet, weil wieder einmal eine Rolle aus der oberen Leiste gesprungen und die Tür nur noch an einem, statt an zwei Aufhängern befestigt ist. Davon ganz zu schweigen, dass das beim Einräumen der Ware lästig ist, fällt im Schnitt alle zwei Minuten einem Kunden dieser Missstand auf und er macht sich sofort auf die Suche nach jemandem, dem er mitteilen kann, dass eine Tür im Joghurtregal nicht in Ordnung ist. Das verlangt den Mitarbeitern im Laufe der Zeit einiges an Geduld ab, besonders, wenn diese Mitteilung der wutschnaubenden Empörung entspringt:

„Jetzt werden alle Joghurts schlecht, weil die Tür nicht richtig schließt!"

Geduld bewahren!

„Diese Türen dienen dazu, Energie zu sparen. Keine Sorge, die Kühlung der Lebensmittel ist nicht beeinträchtigt (wie ich heute bereits zweihunderteinunddreißig Mal erklärt habe)."

Andere Supermärkte haben gar keine Türen vor den Kühlregalen, wird da auch mehrmals pro Stunde Alarm geschlagen? Aber es nervt uns natürlich selbst, und ich verstehe tatsächlich nicht, wie es fünf Wochen dauern kann, um eine ausgehebelte Glastür wieder in Stand zu setzen. Eine Firma aus einem Bundesland am anderen Ende Deutschlands wird beauftragt. Kurz nachdem die Handwerker die Reparatur vorgenommen haben, fallen zwei andere Türen aus der Aufhängung.

Abgesehen davon sind die Griffleisten an den meisten Schiebetüren kaputt. Sie verlaufen senkrecht über die ganze Kante jeder Tür, sind aus Kunststoff und teilweise von unten her so weit eingerissen, dass sie zum Öffnen der Türen gar nicht mehr taugen. Seit Wochen heißt es, da kommt bald jemand. Der unwahrscheinliche Tag tritt tatsächlich ein. Die Handwerker lösen die defekten Griffleisten. Wo dies nicht möglich ist, sägen sie die eingerissenen Stellen heraus – und verschwinden wieder. Neue Leisten sind nicht angebracht; einige Türen haben nun also gar keine Griffe mehr. Auch die beiden ausgehängten Türen haben sie nicht wieder verankert. Eine Woche später ist der Schaden an der Aufhängung behoben. Die Griffe an den Türen fehlen noch nach zwei Monaten! Über solche Vorfälle kann man eigentlich nur noch schmunzeln. Es ist zu absurd, um sich aufzuregen. Die Griffe sind einfach weg. Verrückt. Statler und Waldorf sehen uns ins Leere greifen.

„Hier wird doch nie was richtig gemacht. Was hast du denn erwartet."

„Große Klappe, nichts dahinter", kommentiert Susanne.

„Große Klappe, kleine Pappe", echot Christine.

Ein ähnliches Trauerspiel ist es mit den Fußleisten, an denen die Preise für das unterste Regalbrett angebracht sind. Es vergeht eigentlich kein Tag, an dem diese Leisten nicht abfallen. Jana hat sie schon mit allen Mitteln zu befestigen versucht und bastelt täglich daran herum, um die gröbsten Schäden zu beseitigen, weil alle Welt (ich natürlich nie) unachtsam und tollpatschig mit den Warenrollis herumschiebt und die Leisten abfährt. Selbst Sekundenkleber hilft da nichts. Aber für eine vernünftige Anbringung fehlt – ja was eigentlich? Das Material? Die Zeit? Das Geld? Das Wissen? Das Interesse? Ich weiß es ehrlich gesagt nicht, aber ich bilde mir ein, es müsste möglich sein, solche Leisten so anzubringen, dass sie nur, sagen wir, höchstens einmal im Monat abfallen.

Ein Fall für sich ist unsere uralte Putzmaschine, von der oben schon einmal die Rede war. Nicht nur, dass sie schwergängig und kompliziert zu reinigen ist, sie ist auch alles andere als verlässlich. Mal fällt die Saugfunktion aus, dann fällt ein Gummiring ab, oder die Lenkung hakt. Es ist kaum noch möglich, sie so gründlich zu reinigen, dass man das Gefühl hat, den Laden mit diesem Ding tatsächlich zu säubern. Mehrfach haben sich schon Kunden über den alles andere als lieblichen Gestank beschwert, den diese Maschine im Laden verströmt, selbst wenn man sie mit einer Überdosis Putzmittel befüllt, so dass der Schaum nur so aus allen Ritzen quillt. Das ist doch kein Problem! Der Chef ordnet an, dass die Putzfrau den Behälter mit dem Wischwasser ab sofort mit Chlorreiniger befüllt. Dann glänzt der Boden unter dem rutschigen Film dieses Teufelszeugs und alles ist wieder schön sauber und hygienisch. Alles in allem ist dieses Gerät höchstens noch ein Fall für das Museum. Und der Witz ist, dass der Laden, wie zumindest eine Assistentin meinte, einen Leasing-Vertrag hat, bei dem alle sieben oder zehn Jahre eine neue Maschine drin ist. Das scheint für den Marktleiter keine Bedeutung zu haben. Als ich einmal andeute, dass eine neue Putzmaschine durchaus Vorteile haben könnte, erzählt er stolz, dass diese Maschine schon in diesem Laden im Dienst war, als er, der Chef, damals selbst noch als Assistent, vor siebzehn Jahren hier angefangen habe. Ich denke, er hat Großes im Sinn: die dienstälteste Putzmaschine in ganz Europa beschäftigen. Solche Pläne kann man doch nicht herzlos durchkreuzen, nur um der Putzfrau ein bisschen mehr Komfort zu bieten.

Eine andere große Baustelle ist der Leergutautomat. Nicht nur, dass er relativ klein ist und ständig die Behälter gewechselt werden müssen, er nimmt sich auch gern kürzere oder längere Auszeiten, in denen wir dann per Hand das Leergut der Kunden annehmen, was bei ein oder zwei Flaschen ja noch angeht, aber wenn am Montagmorgen ein Haushalt nach dem anderen sich seiner über die letzte Woche inklusive Party-Wochenende angesammelten Flaschen entledigt, kommt man zu nichts anderem mehr. Bittet man die Kundin mit den zwei riesigen Ikea-Taschen dann, die Flaschen in den Containersack zu werfen, den man ihr aufhält, und sie zu zählen, lässt sie sich für jede Flasche ausreichend Zeit, um im Geiste eins dieser Blitzgewitter abzufeuern, das man von Graf Zahl aus der Sesamstraße kennt. Vierunddreißig, Pause, Pause, Fünfunddreißig. Ha, ha, ha, ha! Fünfunddreißig Einwegpfandflaschen wandern in diesen Behälter! Die anderen Kunden stehen inzwischen Schlange: unter anderem zwei Flaschensammler, die ihre Flaschen aus irgendeinem Grund nicht selbstständig in den Behälter zählen können. Ich versuche mir nicht auszumalen, wo diese Flaschen aufgelesen wurden. Was für ein Leben, täglich durch Büsche zu streifen und Mülltonnen zu durchsuchen, nur um am Ende ein paar Euro zusammenzubekommen.

Dann dieser ältere Herr, der einem wortlos seine Tasche in die Hand drückt, die er offenbar nicht nur für Leergut, sondern auch für Müll verwendet. Neben Zigarettenstummeln und Taschentüchern befinden sich darin auch Gurkenschalen und andere schimmlige Gemüsereste, über die ich beschließe, keine Sekunde nachzudenken. Wenn der Leergutautomat über einen längeren Zeitraum hinweg nicht funktioniert, hält das nicht nur bei der Arbeit auf, es ist einfach widerlich ... Aber auch in dieser Angelegenheit dauert es oft Wochen, bis endlich einmal jemand kommt und nach dem Rechten sieht. Nach zwei langen Wochen ohne funktionierenden Automaten kam also endlich einmal ein Techniker. Er meinte, dass die Container das Letzte seien, mindestens hundert Jahre alt, und ein Wunder, dass wir überhaupt noch mit denen arbeiten konnten. Das ist Definitionssache, ob man es noch „damit arbeiten" nennen will, wenn man einen Container, der eigentlich für dreihundert Flaschen ausgelegt ist, nur noch für knapp fünfzig verwenden kann, weil dann der Mechanismus klemmt und keine weiteren Flaschen angenommen werden, einer gar nicht mehr funktioniert und einer nur nach Laune. Aber gut. Wir stimmten zu, neue Container wären ein Traum. Und wenn ein Techniker das sagt, hat das vielleicht vor den Oberbossen mehr Gewicht, als wenn nur die Mitarbeiter jammern, dass sie ständig einspringen müssen, weil der Automat spinnt.

„Eigentlich bräuchtet Ihr hier eine ganz neue Maschine."

„In Gottes Ohr", murmelt Jana.

Aber das ist natürlich nur eine kühne Phantasie. Wenigstens nimmt die Maschine nun überhaupt erst einmal wieder Flaschen an, eine große Erleichterung nach zwei Wochen Dauerdefekt.

Jana und mich hatte das besonders betroffen, da wir uns bei der Arbeit am häufigsten in der Nähe des Automaten aufhalten und daher auch ständig mit dem Annehmen der Flaschen beschäftigt waren.

Ich beschloss also, dem Handwerker unseren Dank auszusprechen, hatte aber noch hinten im Laden zu tun und sah ihn erst wieder, als ich etwas aus dem Lager holen wollte, wo Christine gerade Teigrohlinge aus der Kühlbox holte.

„Wir sind Ihnen sehr dankbar", sagte ich und wunderte mich, dass der Klempner mit einem Grinsen, aber wortlos im Lager verschwand. Christine sah mich belustigt an und meinte:

„Das war der Typ von der Schädlingskontrolle, um hier nach dem Rechten zu sehen."

Ach so. Aber na ja, vielleicht hat auch er unseren Dank verdient.

Wie man anhand dieser Episode vielleicht errät, fällt es einer gewissen Verkäuferin nicht ganz leicht, Gesichter wiederzuerkennen. So habe ich schon gelegentlich den „Geldmann" – den Fahrer, der die Kassette aus dem Tresor abholt – beim Schichtleiter als einen Fremden angekündigt, weil er seinen Koffer bereits irgendwo abgestellt hatte und für mich nicht als Geldmann zu erkennen war.

In der Weihnachtszeit kommt eine ältere Dame zu mir und fragt:

„Was kostet der Weihnachtsbaum draußen?"

Ich weiß es nicht und bitte sie, mir zu zeigen, welchen Baum sie meint, um eine Preisabfrage machen zu können. Anstatt nun das Schildchen zu lösen – fragen Sie mich bitte nicht, warum ich auf diese naheliegende Idee nicht gekommen bin – trage ich den Baum zur Kasse, hebe ihn auf das Band und mache eine Preisabfrage.

„Ja, gut", sagt die Kundin. „Aber was kostet denn dieser andere Baum?"

Ich trage also das Bäumchen wieder nach draußen und hole ein anderes herein, das kleiner ist und im Topf mit Wurzeln verkauft wird. Ich sage ihr den Preis, aber sie möchte nun doch noch einen dritten Baum in Betracht ziehen.

„Ich möchte diesen Weihnachtsbaum kaufen", informiert mich währenddessen ein anderer Kunde, der seinen Baum bereits ausgewählt hat und sich mit ihm vor dem Gemüsegang aufgestellt hat.

Ich schlage ihm vor, sich zu diesem Zweck an der Kasse anzustellen.

„Ich dachte, Sie können mir den verkaufen."

„Ich hab doch gerade gar keine Kasse geöffnet", sage ich, während ich den dritten Baum der anderen Kundin wieder nach draußen trage.

„Aber eben haben Sie doch …", beginnt der Kunde mit dem Baum.

„Also ich nehme jetzt den, den sie eben hatten", entscheidet sich die Kundin, und ich hole das Bäumchen mit dem Topf wieder herein und öffne nun doch die Kasse, so dass auch der andere Kunde, der sich inzwischen drüben angestellt hatte, mit seinem Baum wieder herüberkommt und mich tadelnd ansieht.

„Ach, wissen Sie", sagt die ältere Kundin, nachdem sie den Baum bezahlt hat, „ich muss ja noch ein paar andere Sachen besorgen. Ich lasse den Baum kurz hier stehen."

Daraufhin verschwindet sie im Laden. Nun habe ich eine nicht unerhebliche Zeit mit ihr und ihrem Anliegen verbracht und wie in einem Loriot-Sketch ungeschickt diverse Bäume für sie rein- und rausgetragen. Da kann sie wohl erwarten, dass ich sie fünf Minuten später noch wiedererkenne, als sie mit zwei Joghurts erneut an der Kasse steht und um Sammelkarten bittet, die es ab einem Einkaufswert von mindestens zwanzig Euro derzeit gratis dazu gibt.

„Eigentlich", sage ich, „gibt es diese Karten erst ab zwanzig Euro Einkaufswert." Gerade will ich beginnen, über meine etwaige Doppelmoral nachzudenken, denn Kindern gebe ich die Karten auch so.

„Aber ich habe doch gerade diesen Weihnachtsbaum gekauft. Zählt das denn gar nicht?", ruft da die Dame empört aus und reißt mich aus meinen Gedanken.

Ich gebe ihr die Karten und ich bin froh, als sie kurz darauf mit ihrem Baum und ihren Joghurts verschwunden ist. Vermutlich kommt sie öfter bei uns einkaufen und denkt sich ihren Teil. Aber das kann mich nicht stören, ich habe keinen Schimmer, wer von den Tausenden von Gesichtern im Laden sie ist.

Security

Mit manchen Mitarbeitern geht es mir nicht anders. Vor allem bei den Security-Leuten, die ich nicht so oft sehe, weil ich häufiger in der Frühschicht bin und der Laden nur abends ‚bewacht' wird. Ich erkenne sie erst, wenn sie ihre schwarze Dienstkleidung tragen und, die Hände übereinandergelegt, neben dem Gemüse stehen. Wenn mir allerdings eine Person, die vor Dienstbeginn in Zivil durch den Laden eilt, zuwinkt (oder zuzwinkert, wie es eher die Art der Wachmänner ist) und mir diese Person zumindest bekannt vorkommt, tue ich natürlich so, als wüsste ich genau, wen ich da mit einem freundlichen Nicken zurückgrüße. Wenn kurz darauf eine Person in oben beschriebener Weise würdevoll im Eingang steht, klopfe ich mir selbst auf die Schulter. Ich wusste natürlich gleich, wer das war.

Als Security-Guard am Eingang herumzustehen, muss einer der langweiligsten Berufe aller Zeiten sein. Anders kann ich es mir jedenfalls nicht erklären, dass jeder einzelne der Security-Mitarbeiter, die ich je in unserem Laden angetroffen habe, einen Hang dazu hatte, anderen Mitarbeitern zur Hand gehen zu wollen oder sie in obskure Gespräche zu verwickeln. Ich muss dazusagen, dass alle auf ihre skurrile Weise sehr sympathisch sind, aber dass es doch gewissermaßen unheimlich sein kann, wenn man nach getaner Arbeit schließlich selbst noch schnell an der Kasse steht, das Müsli in der Hand, auf das man sich schon freut – und aus dem Nichts taucht plötzlich der Sicherheitsmensch neben einem auf, nimmt einem die Packung aus der Hand und äußert mit größter Verwunderung:

„Ach?"

„Ja, das ist ein echt leckeres Müsli."

„Was ist da drin, zeig mal?"

„Ein normales Knuspermüsli."

„Das ist ja toll! Ich gebe meinem Sohn immer Haferflocken, aber die sind ihm zu trocken."

(Gibst du ihm die pur?)

„Aber das hier, das sieht ja lecker aus."

„Ist es auch."

„Aber macht es auch nicht dick? Zeig mal, wie viele Kalorien sind denn da drin? 450! Na ja."

„Na ja, es ist eben ein Müsli." (Kannst du mir das jetzt bitte mal wiedergeben, ich würde es jetzt gern aufs Band legen; ich sehe es so gern an mir vorüberziehen. Dann muss ich nämlich immer an diese irrwitzige Fernsehshow aus den Siebzigern mit Rudi Carrell denken …)

Sicherheitsmänner haben die Aufgabe, den Kunden und dem Kassenpersonal ein gewisses Gefühl von Sicherheit zu vermitteln. Dazu stehen sie möglichst verbindlich im Eingangsbereich, schauen ernsthaft-streng, weder zu bedrohlich, noch allzu verträumt. Einigen gelingt dieser Ausdruck in einer derartigen Perfektion, dass es amüsant sein kann, wenn man die Gelegenheit bekommt, einen Augenblick hinter die glatte Fassade zu schauen. Wir hatten einen Wachmann, den ich lange nur vom flüchtigen Sehen kannte, da ich zu dieser Zeit selten in der Spätschicht gearbeitet habe. Dann aber war ich eine Zeitlang vor Ladenschluss für die Reinigung des Marktes zuständig und habe ihn öfter gesehen. Eine imposante, würdevoll dreinblickende Gestalt … Eine imposante, würdevoll dreinblickende Gestalt, die sich langweilt und mir bei jeder Aufgabe zur Hilfe zu springen drohte. Ich kehre mit dem Besen alles zusammen. Der Security-Mann macht mir demonstrativ Platz. Ich bedanke mich. Hat er sich da gerade verbeugt? Vor der Putzfrau? Nein, das habe ich mir wohl doch nur eingebildet. Ich lehne den Besen an einen Aufsteller, um die Mülltüten zu leeren. Der Besen kippt, und der Security-Mann springt danach, um ihn aufzufangen. Muss ich mich jetzt für jeden Handgriff bedanken? Schon hält er mir den großen Müllsack auf, in dem der Abfall aus den Kassenboxen und dem Eingangsbereich gesammelt wird, und rollt den Abtreter zusammen, damit ich gleich mit der Putzmaschine durchrauschen kann. Ich bin froh, als ich für einen Moment im hinteren Teil des Ladens verschwinden kann. So viel Höflichkeit und Hilfsbereitschaft verstört mich.

Kaum passiere ich den Kassenbereich mit der Putzmaschine, macht er mir wieder mit großen Gesten Platz und sorgt sich sehr darum, dass der Abtreter bitte nicht ausgelegt wird, bevor der Boden wieder ganz trocken ist.

Dies alles immerhin unter Wahrung einer gewissen seinem Dienstposten geschuldeten wortkargen Haltung. Als ich allerdings mit der Arbeit fertig bin und es schaffe, den Markt noch vor Ladenschluss zu verlassen, winkt er mich zu sich und fragt mich, ob ich nun jeden Abend hier putze. Nur einige Wochen. Da zieht er plötzlich seinen Terminkalender hervor und informiert mich darüber, dass er diese Woche noch Donnerstag und Samstag, nächste Woche Dienstag und Donnerstag bis Samstag in unserem Laden Dienst habe, dass er sonst eher bei Konzerten und anderen Veranstaltungen arbeitet und es bei uns ja recht ruhig sei.

„Aber Donnerstag sehen wir uns! Bis Donnerstag dann."

Bis Donnerstag.

Einmal sehe ich ihn mit einer Kundin im Gespräch vertieft.

„Also, wenn ich jetzt Mairübchen kaufe, was kann ich dann damit machen?"

„Die können Sie im Salat essen oder mit einem Dip."

Der Security-Mann als Küchenberater. Ich muss schmunzeln, vor allem weil dieses Gespräch mit einer solchen Begeisterung geführt wird.

„Und was mache ich mit Süßkartoffeln?"

„Die können Sie hervorragend im Backofen zubereiten, mit einer Creme aus Quark und frischen Kräutern. – Sie können sie allerdings auch roh essen."

„Roh? Das sind doch Kartoffeln."

„Süßkartoffeln sind mit den Kartoffeln nicht verwandt. Es sind keine Nachtschattengewächse."

„Ja, aber schmecken die denn?"

„Wenn Sie sie in ganz dünne Scheiben schneiden: hervorragend."

Naschen, Backen, Überziehen

Kürzlich fiel mir ein besonders schöner Tomatenmark-Karton in die Hände. Ich zeigte ihn Margot, einer rauen, aber herzlichen Kollegin. Sie ist eigentlich schon im Ruhestand, jobbt aber noch als geringfügig Beschäftigte im Laden. Die Gemüseabteilung, die jetzt in den Händen von Mark ist, war früher ihr Bereich.

„Früher war alles hier anders, da gab es das ganze elektronische Gedöns nicht", sagt sie. „Jetzt bin ich ja nur noch Handlanger, aber so ändern sich eben die Zeiten."

Und dann muss sie auch noch Zeuge einer solchen Unanständigkeit werden.

„Iiih", ruft sie aus. „Schmeiß das schnell weg. Sonst sieht das noch jemand."

Entschuldige, Margot! Jetzt kann es jeder sehen.

Auf den Lieferkartons, die die Kunden nicht zu sehen bekommen, befinden sich teilweise sehr putzige Bemerkungen und Anweisungen. „Bitte hier aufreißen", steht da neben einer mehrdeutigen Skizze, die nicht nur einen Hinweis darauf enthält, wie man den Karton aufzureißen hat, sondern auch darüber, wie man ihn *nicht* öffnen soll. Ich frage mich, wie bei den Hunderten Kartons, die man am Tag entfernt, so ein Arbeitstag aussehen würde, wenn man sich all die gut gemeinten Hinweise zunächst durchlesen und sich dann auch noch an alle halten würde.

„Den Camembert bitte nicht stapeln!"

„Diesen Karton nicht mit einer scharfen Klinge öffnen!"

„Hier eindrücken und dann die Lasche nach oben ziehen."

„Karton bitte entlang der Perforierung aufreißen. Danke!"

„Bitte im Kühlregal neben der Butter platzieren!"

An diese Anweisung halten wir uns grundsätzlich nicht, denn die Butter steht bei uns neben den Smoothies, und da ist kein Platz für andere Aufstriche. Und wir wollen es natürlich nicht noch verwirrender machen als es ohnehin schon ist mit unseren drei über den Laden verteilten Kühlregalen plus dem für Frischfleisch, in das auch gelegentlich Würstchen und Leberkäse aus dem Wurstregal ausgelagert werden, wenn wir wieder einmal keinen Platz mehr für die ganzen Produkte haben, die der Chef in einem Anflug von Optimismus bestellt hat.

Sollten Sie je auf einer Verpackung, sei es bei Wurst, Käse, Lachs oder vegetarischen Klößchen, lesen: „verbesserte Verpackung", handelt es sich dabei mit hundertprozentiger Wahrscheinlichkeit um eine Lüge. Verpackungen werden niemals verbessert. Sie werden höchstens verändert, und zwar dahingehend, dass sie sich schlechter stapeln lassen, leichter wegrutschen oder gar nicht mehr ins Regal passen. Die allermeisten Verpackungsdesigner, vor allem aber die, die „verbesserte Verpackungen" erfinden, haben vermutlich niemals im Einzelhandel gearbeitet und ihre eigenen unstapelbaren, rutschigen, pyramiden- oder kuppelförmigen Erfindungen nie irgendwo platzieren müssen.

Es gibt einen Bio-Käse, bei dem der Karton so unpraktisch zusammengesteckt ist, dass die Vorderkante jedes Mal wegknickt und die ersten Packungen immer wegrutschen und dem Kunden vor die Füße fallen, wenn er nur die Tür öffnet. Und dann dieser merkwürdige Brotaufstrich, den wir aus Platzmangel stapeln müssen. In mehreren Sorten nebeneinander und ebenso vielen Reihen hintereinander. Es gibt eigentlich keinen Tag, an dem man nicht damit beschäftigt ist, dieses Kunstwerk wieder aufzurichten. Und um die neuen Packungen nach hinten zu stellen, wie es vorgeschrieben ist, muss man die vorderen Reihen entweder ganz aus- und wieder einräumen oder sie hin- und her schieben, wie in diesem Geduldsspiel, diesem Schiebepuzzle, das es früher gab. Wenn man am Ende den Gurke-Dill-Aufstrich, den Tomate-Basilikum-Aufstrich, den Hawaii-Aufstrich, den Texas-Aufstrich und den Shrimp-Aufstrich wieder jeweils in einer Reihe hat und die jüngsten Daten jeweils in der vorderen Reihe, dann hat man das Spiel gewonnen und kann sich selbst auf die Schulter klopfen.

Eines Tages schlendere ich beim Einkaufen in unserem Laden am Kuchenregal vorbei und lese zum ersten Mal ein Schildchen, das ich sonst beim Einräumen nie beachtet habe; wo welcher Kuchen hingehört, ist auch ohne Schild zu erkennen. Die Auszeichnung ist in Wirklichkeit eine Anschrift. Dort steht:

HERRN KUCHEN FOLIE

Diese Schilder sind manchmal wahre Zeugnisse der Poesie des Profanen. Wahrscheinlich sitzt in der Zentrale ein verkannter Dichter und erstellt all die schönen Schildchen, um der Ästhetik der Postmoderne ein Denkmal zu setzen: knapp, unpräzise, unvollständig.

Jedenfalls folgen die Schilder einer anderen ästhetischen Linie als die Verpackungen der Produkte. Ich habe manchmal den Eindruck, dass es überhaupt nur darauf ankommt, die Produkte mit möglichst viel Schrift zu bedrucken. Was dann letztlich tatsächlich draufsteht, ist Nebensache, und es liest eigentlich eh keiner so genau. Außer bei Cornflakes- und anderen Müsli- und Knusperflocken-Packungen, die traditionell beim Frühstück bis zum letzten Buchstaben ausgelesen werden, was bei Käse- und Wurstpackungen weniger üblich ist. Da müssen nur die Farben stimmen.

Ähnliches gilt wohl für Kuchenpackungen. Ich frage mich zum Beispiel, ob die Bezeichnung „mit kakaohaltiger Fettglasur" so ansprechend klingt, dass man sie groß auf der Vorderseite anbringen muss. Es mag ja sein, dass diese Formulierung so vorgeschrieben ist. Aber besonders schmackhaft klingt das doch eigentlich nicht. Wenn ich Kaffeegäste hätte, würde ich ihnen meinen Kuchen nicht als Gugelhupf mit kakaohaltiger Fettglasur vorstellen.

Das gleiche denke ich, wenn ich die Erläuterung: „aus zarten Hähnchenbruststücken zusammengefügt" lese. Finden Sie, dass das appetitlich klingt? Nun, das ist natürlich Geschmackssache. Als Vegetarierin zählt meine Meinung hierbei wohl ohnehin nicht. Aber solche Merkwürdigkeiten gibt es auch auf anderen Produkten. Niemand kann mir weismachen, dass er von Natur aus nach „Milliarden lactobacillus casei Shirota" verrückt ist.

Ich denke, in meinem nächsten Leben werde ich Verpackungsdesigner mit Schwerpunkt auf Verpackungspsychologie. Dann werde ich Studien durchführen, die diesen Geheimnissen der Verpackungsliteratur auf den Grund gehen. Für einen ganzheitlichen Ansatz werde ich in meinem Institut auch jemanden beschäftigen, der kunstwissenschaftliche Analysen durchführt und endlich einmal die Physiognomie des neuen Kinderschokolade-Kindes und des Zwieback-Jungen entschlüsselt.

Bis dahin halte ich mich sicherheitshalber an die Anweisungen, die sich auf den Packungen befinden. Auf einem Karton mit Schokoladenplättchen findet der ratlose Käufer die passenden Anregungen:

... ZUM BACKEN; NASCHEN; ÜBERZIEHEN

Jedes Mal, wenn ich das lese, muss ich an ein Lied von Helge Schneider denken. Darin geht jemand in einen Laden, um sich eine Jacke zu kaufen, bekommt stattdessen aber Schrimps eingepackt. Als er sich zu Hause vor dem Spiegel stellt, um die

Schrimps *überzuziehen*, stellt er fest, dass er sich bei der ganzen Sache wohl doch vertan hat.

Wie oft habe ich mir gedacht, ich könnte das mit den Schokoplättchen einmal ausprobieren, zumal sie ja ausdrücklich zum Überziehen geeignet sind. Aber ich habe zu Hause keinen Spiegel im Flur, und da wäre das Ganze dann ja wohl witzlos.

Bei der Nennung sämtlicher Produktnamen handelt es sich nicht um Werbung. Ich rate Ihnen weder zum Konsum noch zum Nicht-Konsum eines der genannten Produkte. Obwohl – das Klebeband sollten Sie besser nicht verspeisen.